늘 푸른 바다처럼
아름다운 기억만
함께하시기를...

희영

# 소금아이

# 소금 아이

이희영 장편소설

2023년 6월 10일 초판 1쇄 발행
2024년 7월 31일 초판 9쇄 발행

펴낸이 한철희 | 펴낸곳 돌베개 | 등록 1979년 8월 25일 제406-2003-000018호
주소 (10881) 경기도 파주시 회동길 77-20 (문발동)
전화 (031) 955-5020 | 팩스 (031) 955-5050
홈페이지 www.dolbegae.co.kr | 전자우편 book@dolbegae.co.kr
블로그 blog.naver.com/imdol79 | 트위터 @Dolbegae79 | 페이스북 /dolbegae

편집 이하나
표지 디자인 김민해 | 본문 디자인 김민해·이연경
마케팅 심찬식·고운성·김영수·한광재 | 제작·관리 윤국중·이수민·한누리
인쇄·제본 상지사 P&B

ISBN 979-11-92836-15-7 (44810)
ISBN 978-89-7199-432-0 (세트)



- 책값은 뒤표지에 있습니다.
- 본문에 사용된 할머니의 손 글씨는 칠곡할매글꼴 김영분체입니다.

# 소금 아이

이희영 장편소설

돌베개

# 차례

# 프롤로그

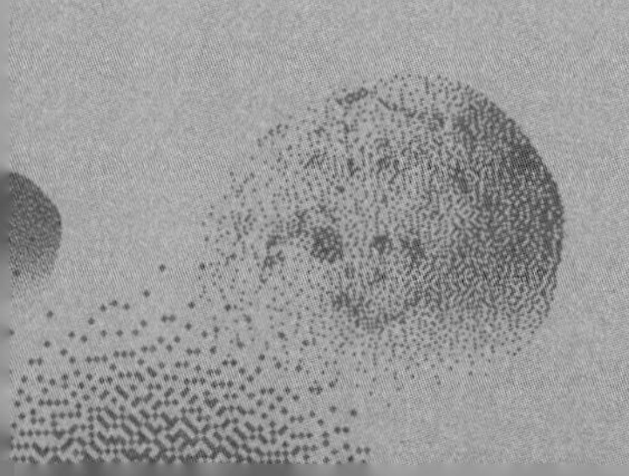

거실은 온통 붉은색이었다. 바람이 유순해 파도조차 게으르게 철썩이던 날이었다. 하늘은 구름 한 점 없이 맑고 화창했다. 어디를 둘러봐도 새파란 세상 속에서 오직 한곳만이 붉게 물들어 있었다. 거실 창을 깊숙이 파고드는 저녁노을이 아니었다. 붉은 색종이로 오려 붙인 커다란 장미도 아니었다. 살아 있는 생명체처럼 꿈틀거리며 흘러나온 건 분명 사람의 피였다. 아니, 피였다고 했다. 그날 두 사람이 죽었다. 엄마와 남자. 그것이 전부였다. 6년 전 기억은, 파도가 쓸어 간 모래처럼 사라져 버렸다. 영원히 떠오르지 못하도록 깊이 더 깊이 침잠해 들어갔다.

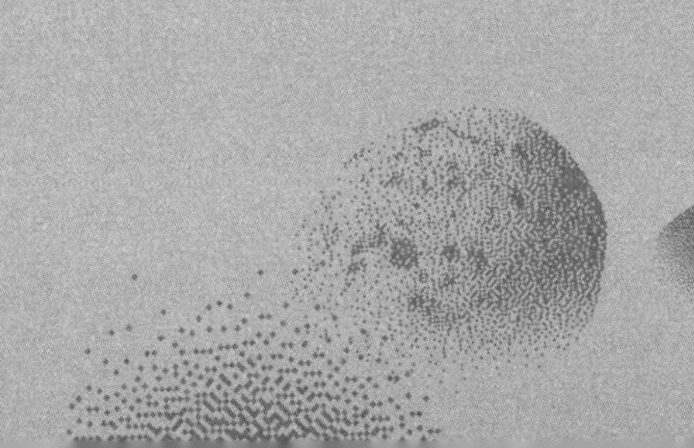

1.

# 바다

아직 해도 뜨지 않은 새벽이었다. 창을 열자 송곳 같은 바람이 날아들었다. 해풍이 이른 겨울을 몰고 왔다. 문밖에서 익숙한 칼질 소리가 들렸다. 이수가 젖은 머리를 털어 내고는 밖으로 나왔다. 거실에 갓 지은 밥 냄새가 고여 있었다.

"상 좀 펴라."

할머니의 굽은 등 너머로 탁한 목소리가 들려왔다. 이수가 벽에 기대 놓은 상을 펼쳤다. 냉장고에서 줄줄이 반찬들이 나왔다. 우솔의 특산품인 조개젓과 김부각, 생선 조림이 상 위에 올랐다.

할머니가 젓가락을 들었다. 이수가 북어가 들어간 뭇국을 떠먹었다. 좁은 거실에 젓가락이 접시에 부딪히고 물컵 놓이는 소리가 울렸다.

"발이 몇이냐?"

할머니가 물었다. 이수가 고개를 들었다.

"신발…… 낡았다."

고등학교 입학 때 산 운동화였다.

"아직 1년도 안 됐는……."

"소금 바람 묻은 건, 쉬 상한다."

할머니는 해풍을 늘 소금 바람이라 불렀다. 소금기가 묻은 건 쉬 변하고 상한다고. 이수의 시선이 고춧가루에 무친 빨간 조개젓에 닿았다. 소금기가 묻은 건 빛이 쉬 바랠 수도, 반대로 형태를 오랫동안 유지할 수도 있었다. 소금 바람이 할머니에게 남기고 간 것은 무엇일까? 그리고 앗아간 것은…… 문득 궁금하다는 생각이 들었다.

"정우랑 얼추 비슷하지?"

운동화는 발에 딱 맞았다. 신다 보니 늘어난 모양인데, 같은 사이즈라면 작을 것이다.

"살 거면, 270으로."

할머니가 고개 들어 이수를 보았다. 움푹 파인 두 눈은 해변의 자갈을 연상케 했다. 이수가 말없이 젓가락을 움직였다. 할머니가 물에 밥을 말아 조개젓과 먹었다. 강파른 몸 안에 차곡차곡 짜고 쓴 소금을 쌓아 갔다. 그것이 어떤 결과를 낳게 될지, 이수는 전혀 눈치채지 못했다.

"첫 배 놓친다."

할머니가 말했다.

"걱정 마."

이수가 대답하고는 몸을 일으켰다. 오도카니 앉아 있는 할머니는 자두 같았다. 냉장고 속에 방치되어 쪼그라든 자두 한 알.

방에 들어가 교복으로 갈아입었다. 창밖으로 하늘이 검은 비단처럼 펼쳐졌다. 시곗바늘이 6시 10분 언저리를 가리켰다. 반 아이들 대부분은 잠들어 있을 시간이었다. 그러나 이수만은 예외였다. 6시 30분에 섬을 떠나는 첫 배가 있었다. 그다음이 8시였다. 그마저도 관광객들이 몰려드는 한여름 얘기였다. 30분 배를 놓치면 10시까지 기다려야 했다. 학교는 4교시가 시작될 무렵에야 간신히 도착할 터였다.

가방을 멘 이수가 거실로 나왔다.

"다녀올게."

"그래."

할머니가 자리에서 일어나서는 싱크대에 그릇을 놓았다. 이수의 시선이 부서질 듯 마른 두 어깨에 닿았다. 좁은 골목으로 오토바이가 지나갔다. 바다 위에 곧 첫 배가 뜰 것이다. 이수가 가방을 어깨에 걸치고는 댓돌 위에 내려섰다. 밖으로 나서자 강한 바람이 불어왔다. 코끝으로 비릿한 바다 냄새가 느껴졌다. 섬에서 생활한 지도 벌써 5년이 지났다. 밤마다 들려오는 파도 소리와 비강을 파고드는 물비린내가 어느덧 익숙해졌다. 그러나 새벽같이 일어나 첫 배를 타야 하는 등굣길은 여전히 생경했다. 이수가 골목을 빠져나와 선착장으로 걸어갔다. 검은 바다 끝에서 하얀 빛 줄기가 쏟아져 나왔다. 뭍으로 갈 배가 사람들을 기다리고 있었다. 멀리서 보니 아무렇게나 뭉쳐 놓은 검은 얼룩처럼 보였다. 이수가 점퍼 주머니에 두 손을 찔러 넣었다.

계절에 따라 바다도 서서히 변해 갔다. 가을이면 유독 하늘이 높고 푸르게 보이는 것처럼. 코발트빛 바다가 쪽빛을 띠면 머지않아 추위가 몰려왔다. 우솔로 가는 첫 배가 잠든 바다를 깨웠다.

"학교 가냐?"

누군가 털썩 옆자리에 앉았다. 이수가 깜짝 놀라 몸을 떨었다.

"이 녀석 놀라기는."

정우 아줌마가 싱긋이 웃었다. 눈 밑에 주름이 선명했다. 분명 소금 바람이 할퀴고 간 자국일 것이다. 이수가 꾸벅 고개를 숙였다.

"첫 배 놓칠까 봐 새벽부터 종종거리는데, 너희 할머니한테 전화 왔더라."

"……."

"너 운동화 좀 사 오란다. 정우보다 한 치수 크게 사라는데 그새 발이 커졌냐?"

이수가 대답 대신 고개를 끄덕였다. 아줌마의 입에서 짧은 탄식이 터져 나왔다.

"뒷산에 대나무가 형님 하겠다. 이수야, 너 섬이 좁아서 어째 사냐? 그나저나 봐 둔 운동화라도 있어? 시간이 맞아야지 직접 데리고 가서 마음에 드는 걸로 사 주든가 하지. 너 학교 끝나면 나는 이미 솔도에 돌아와 있을 텐데."

"아무거나, 괜찮아요."

아줌마가 팔꿈치로 툭 이수의 팔을 찔렀다.

"이 녀석아, 조개도 너보다 많이 빼끔거리겠다. 알았어. 내 정우한테 한번 물어볼게. 그런데 그놈이 말하는 건 당최 못 알아먹겠으니. 너 이제 우리 정우보다 크겠다."

'정우'는 아줌마의 하나밖에 없는 아들이다. 도시에서 대학에 다니는데, 방학이면 가끔 솔도로 돌아와 어머니의 일을 도왔다. 아줌마의 남편은 원양어선을 탔다. 짧게는 6개월, 길게는 1년 넘게 바다에서 생활했다. 집으로 돌아오면 한동안 육지 멀미로 적잖은 고생을 했다.

"하긴 너는 어릴 때부터 다른 애들보다 머리 하나는 컸어."

이수는 손과 발이 컸다. 키도 껑충했다. 남들은 부러워하지만 정작 이수는 자꾸만 크는 자신의 몸이 싫었다. 옷과 신발이 금세 작아지니까. 한때는 먹어도 먹어도 배가 고픈 적이 있었다. 사실 충분히 먹을 만한 음식도 없었다. 냉장고는 늘 비어 있었으니까. 그 흔한 식빵 한 쪼가리 마음 놓고 먹어 보지 못했다. 그럼에도 몸은 커지고 키는 자라났다. 이수는 스스로가 선인장이 된 기분이었다. 턱없는 수분으로도 몸피를 늘리며 사막에서도 살아남는…….

“이수야.”

아줌마의 목소리가 멍한 정신을 깨웠다. 손끝에 묶여 있던 시선이 고개를 들었다.

“사는 게 참 얄궂다. 인생 지랄에 비하면, 바다가 갑자기 미쳐 날뛰는 건 일도 아니지.”

사람의 감정이 시시각각 변하듯, 바다도 쉽게 모습을 바꿨다. 멀쩡했던 하늘에 먹구름이 몰려들면, 바다가 제일 먼저 몸을 뒤척였다. 풍랑주의보도 선박 운항 통제도 없는 화창한 날임에도 푸른 세상은 한순간 검은빛으로 일렁였다. 바다와 평생을 함께한 뱃사람들은 입버릇처럼 말했다.

‘누가 열 길 물속은 안다고 해?’

인간이 아는 건 아무것도 없다. 한 길 사람 속도, 열 길 물속도 전혀 읽지 못한다.

“너도 이제 고등학생이잖아. 열일곱이면 옛날에 장가도 갔다.”

아줌마가 말을 멈추고 입술 안쪽을 잘근거렸다. 뭔가 쉽게 내뱉을 수 없는 말을 하려는 모양이었다. 이수의 시선이 손끝으로 돌아갔다. 무겁고 탁한 공기가 가슴을 짓눌렀다.

“너희 할머니 말이다.”

‘너희 할머니’라는 말이 귓가에 꽂혔다. 이수가 손에 힘을 주었다. 아니, 저절로 힘이 들어갔다. 관절이 꺾이며 우둑 소리가 났다.

"그 양반처럼 기구한 운명이 어디 있냐? 네가 비록 너희 할머니랑 피……."

"정우 엄마 첫 배 타고 어디 가?"

쩌렁쩌렁한 목소리가 들려왔다. 아줌마가 배 뒤편으로 고개를 돌렸다.

"나야 목구멍에 풀칠하려고 나가지. 그런 그쪽은 꼭두새벽부터 어디 가시나?"

아줌마가 몸을 일으켜 자리를 옮겼다. 차라리 잘된 일이었다. 할머니 얘기라면 더는 듣고 싶지 않았다. 오늘따라 첫 배에 사람들이 많았다. 승선하기 무섭게 대부분 잠들었지만 몇몇은 도란도란 이야기를 나눴다. 이수의 시선이 흘낏 뒷자리를 살폈다. 할머니에게 아줌마는 이웃 그 이상이었다. 다른 사람들과 달리 유일하게 할머니를 이해하고 감싸 안았다. 이수는 '다른 사람' 중에 자신이 포함되는지 알 수 없었다. 다시 관절을 꺾자 한 번 더 우두 소리가 났다.

솔도에서 육지인 우솔읍까지는 뱃길로 30분이었다. 동쪽 하늘이 희뿌옇게 눈을 뜨자 바지런한 바닷새가 날개를 펼쳤다. 그사이 배는 어느덧 항구에 닿았다. 출렁이는 물결을 느끼며 사람들이 하나둘 자리를 털어 냈다.

"버스 안 타고?"

아줌마가 가까이 다가와 물었다. 이수가 또다시 고개를 내저었다. 선착장에서 학교까지 도보로 20분이었다. 칼바람이 부는 한겨울이라면 모를까, 학교까지는 늘 걸어갔다.

“안녕히 가세요.”

이수가 꾸벅 고개를 숙였다. 아줌마가 주름진 얼굴로 빙그레 미소 지었다. 몇 발자국 떼려는데 등 뒤에서 쯧쯧 혀 차는 소리가 들려왔다.

“걔도 보통이 아니야.”

“이 여편네 또 괜한 소리 한다. 언제 적 일을 아직도 물고 늘어져?”

“누가 물고 늘어졌다고 해. 그냥 내 상식으로는 도통…….”

“저기 버스 왔네. 나 먼저 가.”

“나도 버스 타야 해. 정우 엄마 같이 가.”

거친 엔진 소리가 새벽 고요를 갈랐다. 사람들을 집어삼킨 버스가 뒤뚱거리며 도로를 달렸다. 이수가 터벅터벅 걸음을 옮겼다. 키 작은 상점들이 하나둘 불을 밝혔다.

우솔은 작은 어촌 마을이다. 대부분 관광객으로 생계를 유지하는데 여름이면 솔도까지 오는 외지인이 많았다. 섬이라 해서 별반 다를 게 없었다. 민박이나 횟집이 주를 이뤘다. 할머니가 일하는 곳이 솔도에서 가장 유명한 ‘섬마을 횟집’이다. 정우 아줌마의 가게다.

‘내가 솔도에서 횟집 낸 거, 다 너희 할머니 덕분이다.’

언젠가 불콰해진 얼굴로 아줌마가 말했다. 솔도에서 횟집을 차리고, 방송에까지 소개된 이유가 모두 할머니 덕분이라고. 그 은혜 때문일까? 아줌마는 여전히 할머니를 친엄마처럼 아꼈다. 남들이 아무리 손가락질하고 수군거려도 늘 할머니 편에 섰다.

'세상 얄궂은 인생이지 뭐냐. 그 일만 아니라면 너희 할머니 지금쯤 우솔에서 방귀 좀 뀌며 살았을 텐데. 전생에 얼마나 많은 죄를 지어 그 양반이 이런 험한 꼴을 당하는지 원.'

교문을 통과하자 운동장에 짙은 안개가 가득했다. 배를 타고 등교를 한 지도 어느덧 1년이 다 되어 갔다. 이제는 텅 빈 운동장과 교실이 익숙해졌다. 그러나 아무리 시간이 지나도 사람들의 수군거림은 익숙해지지 않았다. 괜한 소리를 한 귀로 듣고 한 귀로 흘리기란 생각보다 어려운 일이었다. 할머니 이야기라면 더욱 그랬다.

우솔은 젓갈이 특산품이었다. 그중에서도 조개젓이 유명했다. 소금에 절여 오랫동안 보관할 수 있는 건, 비단 젓갈뿐만이 아니었다. 사람들의 소문도 마찬가지였다. 삭힌 젓갈처럼 그저 익어 갈 뿐이었다. 절대 사라지지 않았다. 이수가 중앙 현관을 지나 계단을 밟아 올라갔다.

성큼 내딛던 발이 한곳에 멈춰 섰다. 아무도 없을 줄 알았는데, 교실에 누군가 있었다. 이수의 두 눈이 느리게 끔뻑거렸다. 창밖을 보던 시선이 천천히 문가를 돌아봤다.

"너 이렇게 일찍 오냐?"

이수는 표정 없는 얼굴로 그 자리에 서 있었다.

"야, 사람이 물으면……."

상대는 귀찮다는 듯 미간을 구기며 몸을 일으켰다. 의자가 뒤로 밀렸다. 텅 빈 교실에 드르륵 소리가 크게 울려 퍼졌다. 저벅저벅 거침없는 발걸음이 가까이 다가왔다. 이수가 교복 명찰에 새겨진 이름을 읽었다. 신세아. 벌써 한 달이 흘렀는데, 이름도 모르고 있었다. 이름을 모르는 건, 전학생뿐만이 아니었다. 이수는 아이들 대부분과 어울리지 않았다. 반 아이들 역시 이수에게 큰 관심이 없었다.

"쫄지 마. 내가 뭐 잡아먹기라도 하냐?"

뒷문으로 걸어가던 세아가

"쫄지 않았는데."

이수의 한마디에 주춤 멈춰 섰다.

"뭐?"

날아든 질문에 이수가 한 번 더 대답했다.

"쫄지 않았다고."

아무도 없을 줄 알았다. 그런데 누군가 있어 놀라긴 했다. 놀란 것과 '쫀' 것은 엄연히 다른 감정이었다. 이수는 전학생을 보며 절대 '쫄지' 않았다.

'그래?' 싶은 표정으로 세아가 한쪽 입꼬리를 말아 올렸다. 그러고는 너털너털 웃으며 교실을 빠져나갔다. 이수가 책상 위에 가방을 내려놓았다. 코끝에 달달한 냄새가 느껴졌다. 이수의 시선이 뒷문으로 돌아섰다.

반에서 가장 키가 큰 사람은 이수였다. 적어도 전학생이 오기 전까지는 그랬다. 세아가 처음 들어왔을 때 몇몇 녀석들이 꼴깍 마른침을 삼켰다. 갑자기 교실이 좁게 느껴졌다.

'오늘부터 우리랑 함께할 새 친구다.'

선생님의 소개에 전학생이 가볍게 목례를 했다. 그것이 전부였다. 누구도 전학생 곁에 가지 않았다. 함부로 갈 수 없었다는 쪽에 더 가까울 것이다. 단순히 큰 키와 골격 때문만은 아니었다.

'1년 꿇었대. 열여덟.'

어디서 어떻게 알았는지 알 수 없었다. 확실치 않은 소문일수록 빠르게 퍼져 나가는 법이다. 그곳이 학교라면 더더욱.

'형이라 불러요?'

기윤이 물었다. 전학생의 등장에 가장 신경 쓰던 녀석이었다. 힘의 축이 기울어질까 적잖이 긴장했을 터였다.

'형?'

되물으며 전학생이 웃었다. 반 아이들이 빠르게 눈빛을 주고받았다. 그러나 그의 미소가 무엇을 의미하는지 아무도 알지 못했다. 다만 말을 걸면 안 된다는 신호쯤으로 받아들였다. 기윤의 염려와 달리 전학생은 조용했다. 있는 듯 없는 듯 생활했다. 간혹 짧은 대화를 나눠도 대부분 숙제나 수행 평가를 묻는 정도였다. 여자아이들은 전학생에게 숙제나 수행 평가 방식을 알려 주었다. 하지만 남자아이 중 그 누구도 전학생을 가까이하지 않았다. 그건 기윤도 마찬가지였다.

이수가 '쫄지' 않았다 했을 때 세아는 미묘한 표정을 지었다. 기분 나빴다 해도 상관없었다. 여기는 고등학교 1학년 교실이었다. 그 이상을 생각하기란 귀찮은 일이었다. 이수가 운동장으로 눈길을 돌렸다. 몇몇 아이들이 교문을 통과하고 있었다. 곧 학교가 시끄러워질 것이다.

이수가 우솔로 내려온 것은 초등학교 4학년 때였다. 처음 살아 보는 바닷가 마을이 어쩐지 싫지 않았다. 음식 배달조차 되지 않는 달동네와 우범 지대로 불리는 뒷골목과 재래시장에 얼기설기 지은 임시 건물에서도 살아 봤다. '살았다'라고 하기엔 약간 어폐가 있었다. 잠시 머물렀다는 말이 더 정확했다. 그사이 몇 차례 보육원에 들어간 적도 있었다. 그것마저 어느 정도 기억이 형성된 뒤의 이야기였다. 그전에는 어떻게 살았는지 알 수 없었다. 별로 알고 싶지 않았다.

'너는 조용해서 좋아. 혹시 네 아빠 궁금하지 않아? 오래전에 죽었어.'

엄마는 술을 마시면 이렇게 말했다.

'특별히 애정이 있었던 사람도 아니고. 너를 키워 봤자 뭐하겠니. 원망만 들을 텐데. 안 그래?'

의미를 알 수 없는 눈빛으로 말끄러미 이수를 바라보았다.

엄마는 가끔 찾아오는 사람이었다. 가끔 웃어 주는 사람이었고, 가끔 머물다 사라지는 사람이었다. 그러나 모습을 드러낼 때면 매번 주위 사람들과 언쟁을 벌였다.

'곧 데려간다고. 애가 먹어 봤자 얼마나 먹는다고 그래. 알았어. 내년이면 자리 잡을 거야. 얘 앞으로 나오는 돈? 쥐꼬리 반 토막도 안 되네요.'

엄마가 만 원짜리 한 장을 손에 쥐여 줄 때면 당분간은 찾아올 수 없다는 뜻이었다. 그럼에도 엄마가 꼭 이수의 보호자로 남아야 하는 건, 정부에서 나오는 양육 수당 때문이었다. 엄마에겐 그 쥐꼬리 반 토막도 안 되는 돈이 필요했을 테니까. 그 정도는 여러 번의 경험으로 알게 되었다. 엄마가 찾아오지 않는다고 해서, 딱히 외롭지 않았다. 슬프지도 않았다. 엄마와의 관계는 처음부터 늘 그래 왔다.

'이수 데려갈 거야. 이번에는 진짜야.'

반년 만에 나타난 엄마는 그사이 살이 빠져 광대가 도드라져 있었다. 피부는 거칠고 입술은 허연 각질로 뒤덮인 채였다.

'아들, 우리 바닷가 마을에서 살까?'

그러고는 웃는 얼굴로 덧붙였다.

'아빠도 소개해 줄게.'

한 달 뒤, 이수는 엄마를 따라 우솔로 내려왔다. 너른 바다가 펼쳐진 마을이었다. 해변과 갈매기와 멀리 배가 보였다. 횟집과 노래방, 모텔과 여관이 즐비했다. 이수는 이곳에서 초등학교에 다녔다. 물론 엄마가 말한 남자도 볼 수 있었다.

'네가 이수냐? 똘똘하게 생겼네.'

이수가 꾸벅 고개를 숙였다. 지금껏 그래 왔듯이……. 엄마가 소개해 주는 어른에게는 무조건 고개부터 숙여야 했다. 어쩌면 엄마보다 훨씬 더 자주 봐야 할 사람일지도 모르니까.

우솔에서 솔도로 들어간 것은, 초등학교 5학년 때였다. 그때는 이미 엄마와 남자 모두 세상에서 사라지고 없었다.

솔도에는 작은 초등학교와 중학교가 있었다. 그래 봤자 운동장을 사이에 두고 마주 보는 단층 건물 두 채였다. 초등학교는 전교생이 다섯 명이었다. 중학교는 세 명밖에 없었다. 이수는 마지막 졸업생이었다. 고등학교에 가기 위해서는 배를 타고 우솔까지 나와야 했다.

"야, 있쑤. 너 학교 앞 편의점에서 과자 좀 사 와."

누군가 툭 책상 위에 걸터앉았다. 이수가 고개를 들자 눈앞에 이기죽거리는 얼굴이 있었다.

"있쑤, 형님 좋아하는 과자 알지? 빨리 가서 사 와라."

기윤이 이수의 머리를 부스스 헝클어뜨렸다.

"돈 없어."

주머니에는 천 원짜리 한 장이 전부였다. 솔도에서 배로 통학하는 학생은 이수뿐이었다. 뱃삯은 받지 않았다. 학교생활도 급식은 물론이요, 교복에 수학여행 경비, 인터넷 강의까지 모두 무상이었다. 이수는 특별하게 돈 쓸 일이 없었다.

재작년 봄, 초등학교 세 곳 중 한 곳이 폐교되었다. 나머지 두 곳도 몇 년 후를 장담할 수 없었다. 그저 시간문제였다. 찾는 사람이라고는 잠깐 머물다 떠날 관광객들뿐이었다. 마을 전체가 바람에 깎이는 절벽처럼 시나브로 사라지고 있었다. 우솔에서 아이를 낳으면 지자체에서 보조금이 나왔다. 학교에 전학만 시켜도 자립 정착금은 물론 주거 지원까지 받을 수 있었다. 그제야 이수는 알게 되었다. 엄마가 왜 이곳으로 내려왔는지, 남자와 정식으로 혼인 신고까지 했는지……. 엄마는 마지막까지 쥐꼬리 반 토막만큼의 욕망으로 살다 떠났다.

"있쑤, 이름값 못하네? 너 지난번에는 사 왔잖아."

그날은 가방에서 노트를 꺼내다 우연히 돈을 발견했다. 할머니는 늘 그런 식으로 용돈을 주었다. 주로 월급이나 손님들에게 팁을 받은 날이었다.

"오늘은 없어."

이수가 말했다. 기윤이 주머니에서 지갑을 꺼내 들었다.

"아, 진짜 거지새끼네. 그래, 이 너그러운 형님이 오늘은 봐줬다. 돈 줄 테니 사 와."

책상 위에 만 원짜리 한 장이 놓였다.

"빨리."

기윤이 확 미간을 일그러뜨렸다. 이수가 돈을 손에 쥐고는 자리에서 일어났다. 등 뒤에서 키득거리는 소리가 들려왔다.

여자아이들이 작게 수군거렸다.

"역시 초등 동창이 좋은 거야."

기윤이 소리쳤다. 아이들이 하나둘 몸을 일으켰다. 이수가 맨 먼저 교실을 빠져나와 급식실과는 반대 방향으로 몸을 틀었다.

11살 봄, 엄마 손에 이끌려 우솔초등학교로 전학을 왔다. 이수는 키만 껑충하고 조용한 학생이었다. 딱히 어울리는 친구도 없었다. 아이들 역시 낯선 전학생에게 별다른 관심을 두지 않았다. 봄이 지나고 여름이 흘러 어느덧 늦가을이 찾아왔다. 11월의 어느 날, 이수는 일주일 넘게 학교에 가지 못했다. 담임을 제외하고는 누구도 연락하지 않았다. 학교에 돌아갔을 때, 몇몇 아이들이 '왔네?' 싶은 표정을 지었다. 호기심도 궁금증도 아닌 그저 그런 얼굴이었다. 이수가 왜 일주일 동안 학교에 올 수 없었는지, 아무도 묻지 않았다.

'야! 너는 살아 있었구나?'

딱 한 명을 제외하고는……. 이수가 고개를 들자, 눈앞에 초콜릿 빵처럼 까만 얼굴이 있었다. 왼쪽 눈 밑에 작은 점이 또렷했다. 반에서 개구쟁이로 소문난 아이였다. 겨울 방학이 끝난 뒤 이수는 솔도로 들어갔다. 까만 얼굴과 이름은 기억에서 빠르게 지워졌다.

'너 혹시 예전에 우솔초 다니지 않았어?'

고등학교 입학 후 사흘째 되는 날이었다. 누군가 가까이 다가와 물었다. 고개를 들자 눈앞에 까만 얼굴이 있었다.

'나 기억 안 나?'

전혀 기억나지 않았다. 이름도 얼굴도 처음이었다. 그런데 왼쪽 눈 밑의 까만 점만은 어쩐지 낯이 익었다.

'한기윤. 우솔초 4학년 2반.'

까만 점이 싱긋이 웃고는 툭 한마디 덧붙였다.

'야! 너 아직 살아 있었구나?'

그 순간 머릿속으로 오래전 그날이 스쳐 지났다. 벌써 6년이나 흘렀는데 까만 점은 여전히 이수를 기억하고 있었다. 할머니 말은 사실이었다. 소금 바람은, 사람들의 기억까지 차곡차곡 염장해 두었다가 그 축축하고 시큼한 것을 엉뚱한 곳에서 불쑥 꺼내 놓았다.

편의점 문을 열자, 점심으로 컵라면을 먹는 아이들이 있었다. 오늘 급식 메뉴가 영 아닌 모양이었다. 이수가 과자를 집어 들고는 계산대로 걸어갔다.

"재 한기윤 따까리 맞지?"

"진짜 키가 아깝다. 기윤이 새끼보다 머리 하나는 더 크잖아. 내가 저 정도면 죽기 살기로 한번 붙어 본다."

"어디 모자란가 봐."

"공부는 그럭저럭하는 것 같던데?"

"그러니까 모자란 거지."

유리문을 밀자 익숙한 전자음이 들려왔다. 이수가 2차선을 건너 교문을 통과했다.

'너희 할머니 횟집 했다면서. 회를 그렇게 잘 떴다더라. 커다란 회칼을 마치 과도처럼……. 아, 어떻게 알았느냐고? 궁금하지? 나는 6년 전에 이미 알고 있었어. 우리 4학년 때 '나의 꿈 그리기' 시간 있었잖아. 혹시 기억나냐? 하긴 나도 못 알아보는데……. 생각할수록 서운하네. 나는 너 한 번에 알아봤다? 4학년 막 시작한 봄에 전학 왔잖아. 난 6학년이 왜 우리 반으로 전학 왔나 했었다. 그만큼 네 첫인상이 강렬했다는 뜻이야. 그런데 이 자식 여전하네.'

기윤이 히죽 웃고는 말을 이었다.

'그때 내 꿈이 경찰이었어. 우리 삼촌이 경찰이거든. 지금이야 세상 꼰대지만, 6년 전만 해도 내 우상이었지.'

6년 전 그날, 일주일 만에 등교한 이수에게 제일 먼저 다가온 아이는 바로 기윤이었다.

'야! 너는 살아 있었구나?'

그 말뜻이 무엇인지 이수는 그제야 알게 되었다. 6년이 지난 후에야 겨우…….

그 뒤로 기윤은 썩은 고기를 찾는 하이에나처럼 주위를 맴돌았다. 가끔은 툭툭 이수를 건드려 보기도 했다. 상대가 어떻게 반응하는지 유심히 살피고는 가만히 고개를 끄덕였다. 이수는 비로소 기윤의 목적이 무엇인지 깨달았다. 기윤 역시 이수가 무엇을 원하는지 눈치챈 듯 보였다.

'그래, 네 조용한 성격상 애들이 괜히 뒤에서 이러쿵저러쿵 하는 거 귀찮을 거야.'

'나는…….'

기윤이 쉿 소리를 내며 제 입술에 검지를 댔다.

'알지. 네 얘기라면 상관없다는 뜻 아니야.'

'…….'

'그런데 문제는 너희 할머니라는 거잖아.'

기윤이 한쪽 눈을 찡긋해 보이고는 가볍게 이수의 어깨를 두드렸다. 녀석의 어머니는 우솔에서 관광객들에게 유명한 큰 젓갈 전문점을 했다. 소금을 많이 먹은 사람답게, 기억마저 확실히 염장된 모양이었다. 외지인들에게 우솔은 좋은 관광지였다. 푸른 바다와 싱싱한 먹거리에 밤이면 불을 밝히는 유흥업소들까지, 그러나 정작 이곳 사람들에게는 따분하기 그지없는 작은 어촌일 뿐이었다. 눈만 뜨면 보이는 바다가 지겨울 법도 했다. 사람들을 마모시키는 건, 소금 바람이 아니었다. 권태와 무기력이었다. 아이들이라고 크게 다르지 않았다.

'야, 반갑다. 나 그때 너 학교 안 와서 정말 걱정했다.'

'…….'

'너도 죽은 줄 알았거든.'

기윤은 장난감을 발견한 어린아이처럼 재미나다는 표정을 지었다. 소금 바람이 유독 강하게 불던 3월의 어느 날이었다.

점심시간이 끝나기 전, 이수는 교실로 돌아왔다. 기윤의 책상 서랍에 과자와 거스름돈을 집어넣고는 주위를 휘둘러보았다. 지금까지 남아 있는 아이들은 없었다. 모두 점심을 먹고 있을 것이다.

기윤이 원하는 건 단순했다. 귀찮은 심부름을 해 주거나, 가끔 스트레스 해소용 샌드백이 돼 주면 그만이었다. 그 정도는 얼마든지 가능했다. 하지만 때때로 생각했다. 처음 기윤이 건드렸을 때 강하게 멱살이라도 잡을걸 그랬나. 괜한 소리 지껄이면 죽여 버리겠다, 으름장이라도 놨어야 했나. 미친 듯 반쯤 짓밟아 놓았다면 지금보다 학교생활이 편했을까. 기윤을 조용히 시키기 위해서는 후자가 더 효과적이었을 것이다. 하지만 이수는 이내 고개를 내저었다. 그래 봤자 기윤이 겁에 질리기밖에 더 하겠는가. 걷어차인 알루미늄 캔처럼 찌그러지겠지. 그런 상대를 보는 건 썩 유쾌한 일이 아니다. 차라리 녀석이 원하는 대로 맞춰 주는 편이 훨씬 나을 터였다. 어쨌든 기윤은 약속을 지켰다. 덩칫값 못하는 따까리란 소리는 듣더라도, 이제까지 할머니와 6년 전 그 일에 대해 수군거리는 아이들은 없었다.

이수는 조용한 것이 좋았다. 남의 이야기에 왈가왈부하는 사람들이 싫었다. 교실을 나와 복도를 걸어갔다. 창밖으로 바다를 닮은 푸른 하늘이 펼쳐져 있었다.

급식실에 들어서자 대부분의 자리가 비어 있었다. 따까리나

똘마니, 셔틀 소리를 듣게 된 후로는 늘 혼자였다. 이수는 오히려 그편이 홀가분했다. 혼자 밥을 먹고, 혼자 지내는 건 익숙한 일이었다. 구석에 앉아 밥을 먹는데 어쩐지 기분이 이상했다. 고개를 들자 누군가와 눈이 마주쳤다. 신세아, 아침에 교실에서 보았던 전학생이었다. 학교에서 외따로 지내는 사람이 비단 이수 혼자만은 아닌 듯싶었다.

'왜?'라고 묻는 듯한 눈짓에 세아가 가볍게 어깨를 으쓱했다. 아무것도 아니란 의미였다. 이수는 다시 밥을 먹었다. 자박자박 발소리가 가까이에서 들려왔다.

"너 섬에 산다며? 솔도라고 그랬나?"

세아가 물었다. 이수가 꿀꺽 입안의 밥을 삼켰다.

"아침마다 배 타고 오는 거야?"

"응."

"그래서 일찍 왔구나."

이수가 흘낏 세아를 곁눈질했다. 전학생까지 심심풀이 샌드백을 찾는다면 곤란할 것 같았다. 반 아이들에게 낙인찍히는 이유는 수만 가지였다. 외모, 성적, 성격, 체격, 단순한 말실수, 집안 형편까지, 까닭도 다양했다. 그중 하나가 바로 사는 곳이었다. 섬에 사는 게 왜 낙인이 되느냐 묻는다면, 정말 순진한 소리였다. 아니면 멍청하거나.

이수가 숟가락으로 국을 떠먹었다.

"애들이 두부조림은 안 먹더라. 나는 괜찮던데."

그럼 맛있게 먹으라며 세아가 뒤돌아섰다. 이수가 젓가락으로 두부조림을 집었다. 식감이 부드러움보다는 딱딱함에 가까웠다. 하지만 천천히 씹어 삼키면 그럭저럭 먹을 만했다. 기억도 비슷했다. 천천히 짓이겨 놓으면 그럭저럭 살 만했다. 아니, 견딜 만했다.

식판에 두부조림이 가득했다. 다른 아이들이 먹지 않은 몫까지 죄다 받아 온 것 같았다. 이수가 젓가락으로 콕 두부를 찍었다. 단단하면서도 물컹한 감촉이 손끝에 느껴졌다.

2.

# 기억

'나 취직했어. 진짜라니까.'

'혹시 돈 있어? 빌려 달라는 게 아니라 투자해 볼 생각 없냐고.'

'장사할 거야. 자본금? 그래서 말인데 내가 진짜 좋은 사업 아이템을…….'

엄마는 계획과 꿈이 많은 사람이었다. 새로 시작하려는 일도, 아이디어도 넘쳤다. 그러나 어떤 성과나 좋은 결과를 보여 준 적은 없었다. 엄마가 가장 많이 한 약속은, 우리 아들 곧 데려간다는 것이었다. 이수가 엄마의 친척, 친구, 그 밖의 지인들 집을 전전할 동안, 약속은 한 번도 지켜지지 않았다. 언제나처럼 술을 마신 엄마가 반쯤 풀어진 눈으로 이렇게 말했다.

'아들, 우리 바닷가 마을에서 사는 거야.'

이 한마디만이 엄마가 지킨 처음이자 마지막 약속이었다.

하지만 이 계획 역시 결국 엄마에게 좋은 결과를 선사하지 못했다. 성급한 약속의 대가는 잔인했고, 누군가의 삶을 벼랑 끝으로 내몰았다.

이수가 고개 돌려 바라본 세상은 온통 붉고 푸르게 물들어 있었다. 귓가에 찰칵찰칵 소리가 들려왔다. 배에서 바다를 찍는 사람은 관광객들뿐이었다.

처음 바다와 맞닿은 하늘을 봤을 때 놀라움을 감추지 못했다. 세상이 이토록 아름다울 수 있구나. 노을이라고 모두 같지 않구나. 그 단순한 사실을 이수는 처음으로 알게 되었다. 전깃줄이 어지럽게 뒤엉킨 하늘과는 전혀 달랐다. 아무렇게나 지어진 콘크리트 건물이나 매연으로 뿌연 골목, 시끄러운 경적 소리가 없는 마을이었다. 손만 뻗으면 닿을 듯한 지척에 눈부신 바다가 있었다. 그러나 하루하루의 삶에는 그리 큰 변화가 없었다. 여전히 밥 먹는 것이 불편했고, 무언가를 이야기하는 것이 어려웠다. 이수는 오랜 경험으로 알고 있었다. 환경이 바뀌었다고 인생이 바뀌지 않는다는 사실을. 엄마는 바닷가 마을에 내려와서도 여전히 술을 마셨다. 그 모습을 1년에 한두 번 보는지, 매일같이 보는지가 유일한 차이였다. '너도 참 너다.' 이런 엄마를 보는 또 한 사람이 있었다. 그 역시 자주 술에 취해 있었다. '그러는 너는?' 엄마가 입술을 비틀며 웃었다. 그것이 악몽의 시작이었다.

"야, 다 왔어. 일어나."

일행을 깨우며 남자가 말했다. 얼굴만 봐서는 20대 초반처럼 보였다.

"벌써? 아, 어제 진짜 무리했다. 너무 마셨어."

"그러게 적당히 하랄 때 말 좀 듣지. 그나저나 다 늦게 섬에 가서 어쩌려고?"

"내일 아침에 잠깐 둘러보면 되지."

깊게 눌러쓴 캡을 벗으며 남자가 불퉁거렸다.

"갑자기 날씨 나빠져서 못 나오면. 바닷가 날씨는 예측하기 힘들다고."

"그럼 갇히기밖에 더 하겠냐? 그것도 추억이다."

스피커에서 섬에 도착한다는 안내 방송이 흘러나왔다. 두 남자가 서둘러 자리를 털어 냈다. 남 이야기 엿듣는 취미는 전혀 없었다. 두 사람이 바로 앞에 앉았고 목소리가 큰 탓에 듣기 싫어도 들렸다. 남자의 말처럼 더러는 태풍으로 섬에 갇히는 관광객들이 생겼다. 바닷가 날씨는 예측하기 힘드니까. 이수도 몇 번인가 학교를 결석한 적이 있었다. 성난 파도에 배가 출항을 포기한 탓이었다. 바다가 뒤틀리고 장대비가 쏟아지는 궂은 날씨였다. 천둥과 번개까지 요란한 날, 할머니는 마루에 앉아 중얼거렸다.

'그냥 다 가라앉아 버려라.'

그 말에 대답하듯 하늘이 쩍 소리와 함께 갈라졌다.

섬에 갇히는 일이 누군가에게는 추억이 되겠지만, 또 다른 이들에게는 생존의 문제일 수도 있었다. 그것이 바다에 사는 사람과 바다를 즐기는 사람의 차이라고 이수는 생각했다.

섬으로 들어오는 배는 6시가 마지막이었다. 수업이 일찍 끝나는 수요일에는 가끔 4시 반 배를 타고 돌아오기도 했다. 그런 날은 아침 바다처럼 하루가 조용했다.

섬에는 총 열다섯 채의 집이 있었다. 그 절반이 민박집을 겸했다. 횟집과 특산물 판매점, 노래방도 있었다. 섬사람들 대부분이 어업에 종사했다. 고기를 잡지 않는 날에는 낚시꾼들을 태워 먼바다로 나갔다. 섬 둘레는 고작 10.2킬로미터밖에 되지 않았다. 걸어서 두어 시간이면 둘러볼 수 있었다. 해변 산책로를 걷다 보면, 전망대로 올라갈 수 있는 나무 계단이 나왔다. 산 정상에서 찍은 일몰이 인터넷과 SNS에 퍼져 나갔다. 시간이 지날수록 솔도는 점점 더 유명세를 치렀다. 사진작가들과 야생화를 연구하는 생태학자들도 종종 찾았다. 그러나 겨울이 되면, 섬은 동면에 들어간 야생 짐승처럼 조용히 호흡했다. 이수는 언제나 겨울이 좋았다. 음식이 쉬 상하지 않고, 무더위에 짜증 내는 사람도 적으며, 늦은 밤 취객들의 고성이 없는 추운 계절이 마음에 들었다. 한여름에 모기떼처럼 시끄럽게 몰려왔다 사라지는 외지인들은 절대 알 수 없을 것이다. 겨울 섬이 얼마나 아름답고 영롱한지를…….

이수가 선착장에 내려 길 위에 섰다. 제일 먼저 보이는 것이 아줌마의 섬마을 횟집이었다. 지금쯤 주방에서 할머니가 일하고 있을 터였다. 몇몇 사람들이 이수를 지나쳐 마을 초입에 들어섰다. 여기저기서 카메라 셔터 소리가 들려왔다. 늦가을인데도 섬을 찾는 관광객들이 많았다.

이수가 할머니와 사는 집은 섬의 가장 안쪽이었다. 5년 전 처음 왔을 때만 해도 폐허나 마찬가지였다. 정우 아줌마의 도움이 없었다면 정착하기 힘들었을 것이다. 조각가가 죽은 나무에 생명을 불어넣듯, 할머니는 조금씩 집을 수리했다.

이수와 할머니 단둘이 사는 낡은 주택은 마을의 그 어느 집보다 바다와 가까웠다. 이수는 망부석처럼 앉아 창밖의 바다를 바라보곤 했다. 그럴 때면 내가 왜 여기 있는지, 앞으로 무엇을 해야 하는지 기본적인 물음조차 사라져 버렸다. 파도는 해변에 기억을 흩뿌리고 어지러운 상념을 지워 냈다.

할머니가 섬에서 터를 잡기까지 우여곡절이 많았다. 아무리 바닷가에서 평생을 살았다 해도, 내륙과 섬 생활은 완전히 달랐다. 일흔이 넘은 노구로, 새로운 환경에 적응하기란 결코 쉽지 않았다. 하지만 현실적인 문제들은 아무것도 아니었다. 이솔도 전체가 할머니를 거부하는 것에 비한다면…….

멀리서 새된 목소리가 날아들었다. 이수가 주춤 걸음을 멈춰 세웠다. 횟집 앞에 정우 아줌마와 낯선 사내가 서 있었다. 허공에 삿대질까지 하는 것으로 보아, 아줌마는 화가 단단히 난 모양이었다.

“회도 술도 안 판다고요. 그러니까 그냥 가시라고.”

“아니 내가 뭐 틀린 얘기 했어요?”

“틀리든 맞든 내 알 바 아니고. 이 길로 쭉 가면 다른 횟집 있으니까 거기 가세요.”

“거참 생각할수록 웃기네? 뭐 물어보지도 못해요?”

아줌마가 미간을 구기며 허리춤에 두 손을 얹었다.

“입으로 나온다고 그게 다 말인 줄 아나?”

“뭐? 뭐가 어째? 나는 그저 주방 할머니가 그때 그…….”

“아, 진짜 이 양반 사람 말귀를 못 알아듣네.”

“그런데 이 여자가.”

“오! 가까이 오면 어쩔 건데. 한 대 칠 거야? 그래, 한번 쳐 봐. 쳐 보라고?”

“괜한 사람 잡으려는 것 보니까 저 할머니가 그 사람 맞네?”

“맞으면? 맞으면 네가 어쩔 건데?”

“아줌마.”

이수가 걸음을 옮기며 소리쳤다. 두 사람의 시선이 동시에 돌아봤다.

“무슨 일이에요?”

이수의 등장에 사내가 멈칫했다. 아줌마의 얼굴이 빠르게 굳어 갔다.

“아니야. 아무것도.”

두 사람 사이에 무슨 실랑이가 있었는지는 확실치 않았다.

하지만 대략은 짐작할 수 있었다. 사내의 입에서 할머니란 소리가 나왔으니까.

"뭐…… 뭐야, 얘는?"

사내가 위아래로 이수를 훑었다. 50대 중반의 마르고 왜소한 사람이었다. 화려한 등산복이 외지인임을 말해 주었다. 뭍에서 거나하게 마셨는지 술 냄새가 지독했다.

"이봐요. 여기 섬이요, 들어올 때는 그쪽 마음대로 들어왔겠지만, 나갈 때는 마음대로 안 될지 몰라요. 알아?"

아줌마가 나직이 말했다.

"여기 다 한통속이구나?"

사내가 바닥에 침을 뱉고는 빠르게 걸음을 옮겼다. 귓가에 길고 무거운 한숨 소리가 들려왔다. 이수가 아줌마를 향해 몸을 돌려세웠다.

"참 못났다. 너 오니까 도망가는 것 봐라. 저런 종자들이 그렇지. 자기보다 조금만 세 보여도 꼬리 팍 내리는, 욕도 아까운 놈들. 에이, 소금이라도 뿌려야겠다."

아줌마가 가볍게 이수의 팔을 때렸다.

"시간 빠르다. 내가 네 덕을 보고. 들어가서 뭐 좀 먹고 갈래?"

이수가 고개를 내젓고는 집에 간다며 돌아섰다. 몇 걸음 옮기는데 등 뒤에서 소금 뿌리는 소리가 났다.

"내 참, 먹고살기 더러워서."

아줌마의 한탄이 밤공기를 타고 멀리 바다까지 날아갔다.

'괜한 사람 잡으려는 것 보니까 저 할머니가 그 사람 맞네?'

사내는 무엇을 확인하러 여기까지 왔을까? 단순히 술에 취한 주정이었을까? 이수가 걸음을 멈추고 섬마을 횟집을 바라보았다. 할머니도 혹여 그의 이야기를 들었을까. 아마 아줌마가 그 전에 쫓아냈겠지? 모른 척 시비라도 걸 것을 그랬다. 실컷 대거리라도 했으면 이 답답함을 조금은 씻어 낼 수 있었을 텐데. 이수는 문득 뒤늦은 후회가 밀려들었다.

할머니가 솔도로 들어온다 했을 때, 섬사람 대부분이 고개를 내저었다. 이유는 오직 한 가지뿐이었다.

'섬 이미지도 있고, 무엇보다 우리는 솔직히 무섭다.'

사람들은 할머니가 무섭다고 했다. 이리저리 뒤엉킨 소문은 그물처럼 끈질겼다. 그 놀라운 생명력에 이수는 진저리 쳤다. 벌써 6년이나 흘렀는데, 여전히 그 사건을 들먹이는 이들이 있었다. 기억력이 좋은 건지, 할 일이 없는 건지 알 수 없었다. 이수가 몸을 돌려 집으로 향했다. 오늘은 뭍에서 온 관광객들이 많았다. 할머니 퇴근 시간도 늦어질 것이다.

샤워를 끝낸 뒤 욕실에서 나왔다. 주방 가스레인지 위에 냄비가 있었다. 뚜껑을 열어 보니 돼지고기 김치찌개였다. 이수가 냉장고에서 물을 꺼내 마셨다.

섬으로 들어오기 전, 할머니는 우솔에서 큰 횟집을 했다. 회 뜨는 기술이 좋았다. 곁들여 내는 반찬도 맛있었다. 무엇보다 매운탕 끓이는 솜씨가 일품이었다. 우솔 사람들은 할머니가 제법 많은 돈을 벌었다고 믿었다. 관광객 대부분이 할머니 횟집을 찾았으니까. 유명세를 치른 주인은 그러나 수중에 가진 돈이 없었다. 통장에 돈이 모일 만하면, 찾아오는 아들이 있었다. 마지막으로 사기를 당하고 빈털터리가 되어 내려왔을 때, 그는 혼자가 아니었다.

'인사해. 우리 엄마야.'

아들의 소개에 이수의 엄마가 고개를 숙였다. 그것이 할머니와의 첫 만남이었다. 세월에 바래진 회색 눈동자 속에는 어떤 감정도 서려 있지 않았다. 그저 멍하니 어린 이수를 바라볼 뿐이었다.

'여긴 내가 지난번에 말한 그 사람. 이 꼬맹이는 이 사람 아들. 곧 이쪽 초등학교로 전학시킬 거야. 한 번에 며느리, 손주 다 생겼는데 우리 엄마 표정이 왜 이러실까?'

그날 껄껄 소리 내어 웃은 사람은 할머니의 아들밖에 없었다. 이수의 엄마는 얼굴에 불편함을 숨기지 않았고, 어린 이수는 언제나처럼 어른들의 눈치를 살폈다.

그 뒤로 그는 횟집에 나가 일했다. 엄마도 간간이 홀 서빙을 도왔다. 그러나 두 사람 모두 오래가지 못했다. 냉장고에는 오래된 음식들이 썩어 갔다. 퍼렇게 곰팡이 핀 식빵은 벗어날 수 없는 그림자처럼 어린 이수를 쫓아다녔다.

'천천히 먹어라. 배고프면 집에 가지 말고 여기 와서 먹어.'

할머니는 가끔 이수를 가게로 불러서는 따뜻한 밥을 차려 주었다. 생선 튀김과 조개 미역국, 호박전과 달걀부침, 백김치와 장조림까지 이수는 사람들 눈치 볼 필요 없이 마음껏 먹었다.

'태어난 게 죄가 되면 안 되는데.'

그 말이 정확히 무엇을 의미하는지 알 수 없었다. 그저 돌덩어리를 삼킨 듯 마음이 무거웠다. 이수는 한동안 횟집을 찾지 않았다. 어쩐지 그래야 할 것 같았다. 학교가 끝나면 곧바로 집으로 향했다. 문을 열자 거실 TV가 쓰러져 있었다. 화분이 깨지고 선풍기가 부서졌다. 남자의 팔뚝에 손톱자국이 선명했다. 엄마 얼굴은 멍이 들어 있었다. 그날 이수는 눈치챘다. 태어난 게 죄라는 할머니의 말이 무엇을 뜻하는지…….

엄마가 어떻게 남자를 만났는지는 알지 못했다. 알고 싶지 않았다는 편이 더 정확할 것이다. 서로가 서로에게 몇 번째 인연이었는지도 관심 없었다. 두 사람 모두 어떤 필요로 맺어졌을 테니까. 그저 만나면 안 되는 사람들이었다는 사실만 자명했다.

이수가 전기밥솥에서 밥을 펐다. 그릇에 찌개를 덜어 싱크대에 선 채 저녁을 먹었다. 밥알이 입안에서 모래처럼 서걱거렸다. 숟가락을 내려놓고는 거친 욕설을 내뱉었다. 또다시 횟집 앞에서 만난 사내가 떠올랐다. 얌전히 그냥 보내는 것이 아니었는데, 이수가 반쯤 먹다 만 그릇들을 씻었다.

'야, 그런데 네 이름 이수야? 성이 이, 이름이 수?'

쏴쏴 흘러내리는 물줄기 사이로 세아의 목소리가 들려왔다.

'외자구나? 그럼 이름이 수네?'

그 말을 끝으로 세아가 터덜터덜 급식실을 빠져나갔다. 무슨 의도로 이름을 물어봤는지는 알 수 없었다. 단순한 경고나, 호기심이었는지도 몰랐다. 둘 중 어느 쪽도 이수와는 상관없는 일이었다.

이수가, 이수가 된 데에는 특별한 이유가 없었다.

'네 이름이 왜 이수인지 알아?'

엄마는 어느 날 취기 가득한 목소리로 물었다. 이수는 언제나처럼 아무 대답도 하지 않았다. 엄마가 뭔가를 묻는다는 건, 질문보다 혼잣말에 가까우니까.

'네 출생 신고를 하러 갔는데……. 참, 출생 신고가 뭔 줄 아니? 네가 태어났다고 국가에 신고하는 거야. 안 그러면 벌금을 물고 나라가 주는 쥐꼬리만 한 돈도 못 받아. 뭐 어쨌든 그래서 신고하러 갔지. 사실 네 이름은 생각도 못 했다? 그런데 갑자기 서류에 이름을 쓰라잖아.'

엄마는 여기까지 말하고는 까르르 소리 내어 웃었다.

'그날이 수요일이라서 얼마나 다행이었니? 월요일이나 목요일, 토요일이었어 봐. 아, 맞다. 토요일은 관공서가 쉬지?'

그것이 이수가 '이수'가 된 이유였다. 출생 신고를 하러 간 날이 하필 수요일이라서. 달력에 물 수(水) 자가 보여서…….

어쩌면 '이월'이 될 수도 있었고, '이화'나 '이목', '이금'이 됐을 뻔했는데 가장 무난한 '이수'가 되었다니. 엄마의 말처럼 다행인지도 몰랐다. 그래서 사방 어디를 둘러봐도 물밖에 없는 외딴 섬에서 살게 된 걸까?

그날 이수는 끝끝내 아무 말도 하지 못했다. 왜 굳이 그런 이야기까지 하느냐 물어 봤자 제대로 된 대답이 돌아올 리도 없었다. 살아가는데, 침묵은 매우 유용했다. 이수는 그 사실을 몇 번의 경험으로 배웠다. 상대를 위해 그리고 자신을 위해서는 더더욱 입을 닫는 편이 좋았다.

설거지를 한 뒤, 그릇들을 선반 위에 정리했다. 조그마한 쪽창 너머로 바람에 따라 흔들리는 나무들이 보였다. 섬은 육지보다 아침을 일찍 맞이했다. 저녁도 빨리 찾아왔다. 사람의 손길이 드문 곳에는 바람과 햇살, 안개와 별들이 가까이에 있었다.

태풍이 불고, 폭우가 쏟아져도 다음 날이면 모든 것이 제자리로 돌아왔다. 꽃은 여전히 피어 있고, 벼랑 끝 소나무도 꺾이지 않았다. 물새는 재바른 몸짓으로 해변을 종종거렸다. 자연이 만든 비바람은 때가 되면 잦아들었다. 흐트러진 것들을 다시 불러 모았다. 그러나 인간은 아니었다. 인간이 몰고 온 분노는 모든 것을 집어삼켰다. 스스로 터지고 부서져 힘없이 가라앉았다. 해가 떠도 제자리로 돌아오지 못했다. 쓰러진 TV와 깨진 화분, 금이 간 창문과 부서진 선풍기, 그리고 남자의 찢어진 셔츠와 엄마의 멍든 얼굴까지. 그 무엇도 처음으로 돌아오지 않았다.

이수가 방으로 들어가 창문을 열었다. 하늘 귀퉁이부터 검게 물들어 갔다. 손가락을 꺾자 우둑 소리가 들렸다. 언제부터 이런 습관이 들었는지 알 수 없었다. 혼자 멍하니 있을 때면 자신도 모르게 손가락에 힘을 주었다. 마디마디를 하나둘 거칠게 꺾었다.

바다와 하늘이 맞닿은 곳에서 고깃배들이 돌아오고 있었다. 섬을 떠날 수 있는 배편도 모두 끊겼다. 이제 아무도 이곳에서 빠져나갈 수 없다. 마지막 손님이 숙소로 가면, 머지않아 할머니가 돌아올 것이다. 이수가 또 한번 손가락 마디를 꺾었다.

교실 청소가 끝났다. 이수가 가방에 노트와 교과서를 챙겼다. 내일 숙제가 있는 과목들이었다. 오늘은 6교시만 하는 날이었다. 서두르면 4시 반 배를 탈 수 있었다. 그 순간 앞문이 열리며 기윤이 들어왔다. 녀석은 청소 시간 내내 보이지 않았다. 오늘도 쓰레기통은 이수가 대신 비웠다. 늘 있는 일이었다. 기윤 옆에는 낯선 얼굴이 서 있었다. 목이 유독 굵고 짧았다. 전체적인 인상이 단단한 차돌을 연상케 했다.

"있쑤, 이리 와 봐. 내 친구 소개해 줄게."

기윤의 말에 옆에 있던 아이가 실없는 웃음을 터뜨렸다.

"야, 설마 네 따까리?"

"응."
"장난하냐?"
어쩐지 예감이 좋지 않았다. 이수가 벽시계를 쳐다보았다. 담임이 종례도 하지 않은 날이었다. 괜한 시간 낭비를 하고 싶지 않았다. 차돌이 성큼성큼 다가와서는 이수의 팔목을 움켜잡았다.
"키만 컸지, 손목 봐라. 힘주면 부러지겠다."
이수가 손을 뿌리쳤다. 차돌이 입꼬리를 말아 올렸다.
"한번 붙어 봐."
기윤이 한쪽 눈을 찡긋하며 히죽거렸다. 청소 시간 내내 옆반이 시끄러웠다. 그 이유가 무엇인지 비로소 짐작되었다. 이수의 예감이 적중하는 순간, 차돌이 절레절레 도리질 쳤다.
"내가 용재도 이겼어. 얘 정도면……."
기윤이 지갑에서 5천 원짜리 한 장을 꺼내 들었다. '콜?' 한마디에 차돌이 큭큭 웃었다.
"돈을 그냥 주겠다는데 마다할 수 없지."
책상을 사이에 두고 곧바로 의자 두 개가 놓였다. 기윤이 큰키의 어깨를 찍어 눌렀다. 이수의 시선이 벽시계에 닿았다.
"5천 원 날리게 하지 마라."
기윤이 이수의 귓가에 조용히 속삭였다. 본인의 의지와는 상관없는 팔씨름이 시작되었다. 차돌이 책상 위에 팔꿈치를 세웠다. 송충이처럼 굵은 눈썹이 꿈틀거렸다.

"섬마을 소년. 빨리 끝내고 배 타러 가야지, 응?"

기윤이 툭툭 어깨를 쳤다. 지든 이기든 시작해야 끝낼 수 있었다. 이수가 책상 위에 팔을 올렸다.

맞잡은 손은 크고 두툼했다. 기윤이 두 사람 앞에 섰다.

"왼손으로 책상 잡으면 안 돼. 진검 승부 깔끔하게 한판으로 끝내자. 준비됐지?"

'하나, 둘, 셋.'이 끝나기 무섭게 상대가 이수의 팔을 꺾었다. 묵직하고 단단한 느낌이었다. 이수도 손에 힘을 주었다. 차돌의 목이 벌겋게 달아올랐다.

"와, 기윤이 따까리 버틴다? 한 번에 넘어갈 줄 알았는데."

반 아이들이 흥분해 소리쳤다. 차돌의 눈빛에 당혹감이 묻어났다. 곧게 뻗은 나무일수록 태풍에 약한 법이다. 가늘어 쉽게 휘어지는 꽃들이 비바람에 강하다.

"대박, 장성진 밀린다."

차돌이 어금니를 사리물었다. 관자놀이가 불끈거리고 얼굴은 터질 듯 붉어졌다. 아직은 배를 탈 수 있는 시간이 남아 있었다. 하지만 더 지체하면……. 그 순간 하나의 기억이 머릿속을 파고들었다. 정체를 정확히 알 수 없는 무언가가 환영처럼 눈앞에 부유했다. 서늘한 기운이 등줄기를 관통하고 가슴이 미친 듯이 두근거렸다. 움켜쥔 손에서 서서히 힘이 빠져나갔다. 정신을 차렸을 땐, 손등은 이미 책상에 닿아 있었다. 이수의 눈앞에 기윤이 허망한 표정으로 서 있었다.

"밀…… 밀리긴 누가. 그냥 가지고 놀아 봤지."

차돌이 더듬거리며 상대를 흘낏 보았다. 이수가 튕기듯 일어나 교실을 뛰쳐나갔다. 등 뒤에서 기윤의 성마른 욕설이 따라붙었다. 아이들의 웃음소리도 길게 꼬리를 물었다. 그러나 더는 아무 소리도 들리지 않았다. 건물을 빠져나와 운동장을 가로질렀다. 배 시간이 늦어서는 아니었다. 팔씨름에 져서 창피한 것도 아니었다. 기윤이 무서운 건 더더욱 아니었다. 이수는 자신이 어디로 가는지, 왜 뛰고 있는지조차 알 수 없었다. 주위 풍경이 빠르게, 빠르게 등 뒤로 밀려나고 있었다.

이수가 담벼락에 기대어 밭은 숨을 내뱉었다. 꽉 움켜쥔 두 손이 파리하게 떨렸다. 대체 무엇이 떠오른 것인지 알 수 없었다. 그저 두려움이 몰려와 온몸을 집어삼켰다. 익사할 듯 숨이 막혀 왔다. 바보 같은 팔씨름을 했을 뿐이었다. 그런데 몸 어딘가가 고장 난 기분이었다.

이수가 크게 호흡하며 휴대폰을 꺼내 들었다. 기윤에게서 메시지와 부재중 전화가 와 있었다.

—있쑤, 너 도망가면 땡이냐? 내가 섬 한번 뜰까? 애들한테 너희 할머니 직접 소개해 줘?

두 손으로 얼굴을 쓸어내렸다. 두근거렸던 가슴이 차츰 진정되었다. 벽에 기대섰던 몸을 천천히 일으켰다. 주위는 온통 낯선 건물뿐이었다. 여기가 어디인지 알 수 없었다. 멀리 농협 마트가 보였다. 선착장과는 정반대인 곳이었다. 시간은 5시가 넘었다. 이수가 몸을 돌려 골목을 빠져나왔다.

선착장은 솔도로 들어가려는 승객들로 북적였다. 마지막 배를 놓칠까 달음박질한 사람들도 있었다. 한 승객이 간신히 탔다며 의자에 털썩 주저앉았다.

이수도 그제야 자리에 앉아 허벅지에 두 손을 늘어뜨렸다. 한동안 까맣게 잊고 있었다. 그런데 또다시 그 느낌이 찾아왔다. 날카로운 것이 머리를 관통하면 갑자기 가슴이 빨리 뛰었다. 일종의 공황 증상인 듯했다. 문제는 이 증상이 왜 나타나는지 알 수 없다는 것이었다. 무엇이 문제인지 가늠되지 않았다. 아니, 실은 결코 모를 수 없었다. 스스로를 속이려는 거짓말이었다. 이유는 자명했다. 6년 전 그날. 하지만 집에 돌아왔을 때, 모든 사건은 이미 끝난 후였다. 이수는 아무것도 기억나지 않았다. 누군가 가위로 오려 낸듯 그날의 기억만 사라져 버렸다. 바다 위에 배가 지나가듯, 하늘에 새가 날아가듯, 아무 흔적도 남지 않았다.

하선한 이수는 집을 향해 발길을 옮겼다. 섬마을 횟집에는 몇몇 손님들이 술을 마시고 있었다. 이수가 빠른 걸음으로 가게 앞을 지나갔다.

6년 전 마지막 기억은 담벼락이었다. 친구 집에서 온라인 게

임에 열중했다. 집에 있던 컴퓨터는 남자가 부숴 버렸고, 엄마의 낡은 노트북은 오래전에 망가졌다. 한참 게임에 빠져 있는데 친구 엄마가 들어왔다. 양손에 비닐봉지가 들려 있었다. 마트에서 장을 봐 온 모양이었다.

'할인한다고 이것저것 잔뜩 샀더니 팔 떨어져 나가겠다.'

친구 엄마는 식탁 위에 비닐봉지를 내려놓았다.

'우리 아들은 개교기념일이라고 온종일 집에서 게임만 하지. 아! 그래, 이수 왔구나. 너는 볼 때마다 크는 것 같다.'

'안녕하세요.' 인사하며 이수가 고개를 숙였다. 그러고는 친구에게 그만 간다는 눈짓을 했다. 장을 봐 왔다는 건 저녁을 준비한다는 의미였다. 그 전에 꼭 집에 가야 한다는 사실을 이수는 잘 알고 있었다.

'왜 저녁 먹고 가지.'

친구 엄마의 말에 집에 가서 먹는다고 답했다.

'그럼 아들, 친구 배웅해 주면서 슈퍼에서 간장 작은 거 하나 사 와.'

그날 저녁, 친구와 함께 담벼락에 서서 뭔가 이야기를 나눈 것까지는 기억이 났다. 서로에게 잘 가라며 손을 흔들었다. 그렇게 혼자서 집으로 향했다. 그다음은 암흑이었다. 파란 하늘이 빙글빙글 돌고, 주위에 사람들이 몰려들었다. 사방으로 불꽃이 튀어 올랐다. 누군가 자꾸만 등을 떠밀자 눈앞에 낭떠러지가 보였다. 아무리 버둥거려도 소용없었다. 강한 악력이 막

무가내로 손을 잡아끌었다.

그 순간 드르륵 문소리가 들렸다. 책상에 엎드려 있던 이수가 벌떡 몸을 일으켰다.

“잠깐 졸았네.”

이마에 식은땀이 맺혀 있었다. 두 손으로 거칠게 마른세수를 했다. 숙제하다 깜빡 잠이 든 모양이었다. 문밖의 인기척은 할머니가 횟집 일을 끝내고 돌아왔단 뜻이었다. 이수가 자리에서 일어나 밖으로 나갔다.

“왔어?”

“밥은 먹었냐?”

“지금이 몇 신데.”

할머니 몸에서 비릿한 생선 냄새가 풍겨 왔다. 이수의 시선이 퉁퉁 불은 두 손에 닿았다. 식당에서 가져온 반찬을 냉장고에 넣으며 할머니가 말했다.

“저거 정우네가 너 주라고 하더라.”

이수가 마루 귀퉁이에 놓인 종이 가방을 보았다. 열어 보지 않아도 알 것 같았다. 엊그제 할머니가 말한 신발이었다.

“오늘 손님 많았어?”

이수의 물음에 할머니가 끙 소리를 내며 바닥에 앉았다. 그 모습이 바람 빠진 풍선 인형처럼 보였다. 이수는 문득 할머니의 삶에도 바람을 불어넣어 줄 수 있다면 어떨까 싶었다. 그러나 한번 빠져나간 세월은 그 무엇으로도 다시 채울 수 없었다.

반쯤 열린 주방 쪽창으로 바람이 불어왔다. 그 안에 오래전 정우 아줌마의 한숨이 실려 있었다.

'너희 할머니 말이다. 얼굴도 못 보고 배 타는 사람에게 시집갔는데, 결혼한 지 한참이 지나도록 애가 안 들어섰나 봐. 시어머니가 가만있었겠냐. 갖은 구박을 했나 보더라고. 그러다 배 타고 나간 남편이 안 들어오네. 바다가 삼켜 버렸지. 세상 얄궂어라. 그때서야 배 속에 애가 들어선 줄 알았다는 거 아니야. 시어머니가 자기 아들 자식인 줄 어떻게 믿느냐고 그렇게 며느리를 잡았단다. 참, 사람 인생이 어찌 그렇게 기구할 수가 있는지. 그렇게 고생, 고생 하며 키운 아들이 날건달이 되어서는…….'

정우 아줌마는 결국 손끝으로 눈물을 찍어 냈다.

'하늘이 있다면 진짜 그 형님한테 그러면 안 되는 거야. 그 착한 사람한테 말이야. 평생 남한테 싫은 소리 한번 안 하고 수족관 물고기보다 더 납작 엎드려 살았던 양반이라고.'

이렇게 말하고는 이수를 보며 울먹였다.

'참 무슨 기구한 인연인지.'

아줌마는 할머니와 이수의 만남을 기구하다 했다. 처음에는 기구하다는 말이 무슨 뜻인지 알지 못했다. 한참이 지난 후에야 사전을 찾아 그 의미를 새겨 읽었다.

순탄치 못하고 탈이 많다.

그것이 할머니와 자신의 인연일까? 이수는 한동안 그 생각에서 벗어나지 못했다.

"정우네가 뭐 줬는지 봐라."

할머니가 말했다.

"뭐긴 뭐야. 운동화잖아."

이수가 대답하고는 마루 귀퉁이로 걸어갔다.

"정우네가 왜 운동화를 줬냐?"

종이 가방을 집으려던 손이 허공에서 멈췄다. 이수가 천천히 고개를 돌렸다.

"뭐?"

"네 발 크기를 어찌 알고 사 왔데. 신어 봐라. 작거나 크면 바꿔야 할 것 아니냐."

할머니가 일어나 방으로 들어갔다. 쾅 소리와 함께 문이 닫혔다. 창을 열어 두었을까? 그렇게 바람의 힘으로 문이 닫힌 걸까? 이수의 손은 한참 동안 허공을 붙잡고 있었다. 마루 귀퉁이에는 덩그러니 종이 가방만 놓여 있었다. 창밖이 어둠으로 물들 무렵이었다. 섬이 서서히 검은 그림자로 변해 가고 있었다.

3.

# 사탕

거침없이 날아온 슬리퍼가 복부를 가격했다. 이수가 힘없이 나무 기둥에 부딪혔다. 어쩐지 조용하다 싶더니 점심시간이 되기 무섭게 호출이 울렸다. 기윤이 불러낸 곳은 학교 뒷문과 이어지는 좁은 등산로였다. 학기 초에는 몇몇 선배들이 담배를 피우던 곳이었다. 그런데 누군가 채 꺼지지 않은 꽁초를 두고 왔던 모양이다. 다행히 지나가던 등산객이 발견해 초기에 진화했지만, 자칫 큰 산불로 번질 뻔했다. 그 뒤로 선생님들이 돌아가며 점심시간과 방과 후 등산로를 지켰다. 숨어 피우는 담배 연기가 사라지자 자연스레 선생님들의 감시도 줄어들었다. 하지만 여전히 등산로를 찾는 이들이 있었다. 그들은 사람들의 눈에 띄지 않는 곳을 여러모로 유용하게 활용했다.

"졌으면 죄송합니다, 무릎을 꿇어도 모자랄 판에 건방지게 그냥 날라?"

특별히 사과할 이유는 없었다. 어차피 원하지 않은 시합이었다. 하지만 기윤에게 그런 논리는 통하지 않는다. 만약 사과했다 해도 조용히 넘어갈 녀석이 아니었다. 그랬다면 애초에 그런 장난 따위 하지 않았겠지.

"있쑤, 너 어제 왜 도망갔냐?"

기윤이 다가와 탁탁 뺨을 건드렸다. 사실 가장 대답을 원하는 사람은, 이수 자신이었다. 왜 갑자기 공황이 찾아왔는지 알 수 없었다. 그저 무의미한 팔씨름을 하던 중이었는데…….

"이 새끼가. 귓구멍이 처막혔나? 사람이 말을 하면 듣는 시늉이라도 해야 할 거 아니야."

짝 소리와 함께 얼굴이 돌아갔다. 이수가 고개 돌려 기윤을 노려보았다.

"너 많이 컸다."

"할머니."

그 한마디에 기윤이 움찔거렸다. 하지만 놀란 건, 이수도 마찬가지였다. 어쩌자고 '할머니'라는 말이 튀어나왔을까?

기윤이 팔짱을 낀 채 한쪽 다리에 힘을 주었다.

"이제 더는 못 참겠다? 네 입으로 그냥 다 불겠다?"

기윤이 '그래?' 되묻는 표정으로 말을 이었다.

"생각보다 파장이 클 텐데?"

우솔에는 아직도 그 사건을 기억하는 사람이 많았다. 우솔뿐만이 아니었다. 가끔은 외지에서 일부러 찾아와 묻는 사람도 있었다. 술에 취해 비틀거리던 남자가 떠올랐다.

'괜한 사람 잡으려는 것 보니까 저 할머니가 그 사람 맞네?'

기윤이 가까이 다가와서는 귀에 대고 조용히 읊조렸다.

"사람들이 뭐라고 떠드는 줄 아냐?"

"……."

"너희 할머니 독하대. 아니, 무섭대."

할 수만 있다면 물어보고 싶었다. 당신들은 얼마나 착하고 올바르게 살기에 그런 소리를 마음껏 할 수 있느냐고. 할머니를 떠올리자 이수는 다시금 불길함이 엄습해 왔다.

"잘 생각해 보니까 네가 잘못한 것 같지?"

더는 기윤의 목소리가 들리지 않았다. 녀석의 욕설은 그저 짜증스러운 소음에 불과했다. 할머니의 주름진 얼굴이 빛의 잔상처럼 어지럽게 일렁였다. 머리가 터질 듯 지끈거렸다.

어젯밤 이수는 조심스레 할머니 방문을 두드렸다. 웬만해서는 할머니 방에 들어가지 않는 이수였다. 늦은 밤 할머니는 잠시 누워 있다가도 곧잘 깊은 잠에 빠져들었다. 괜한 소음으로 할머니의 단잠을 깨우기 싫었다. 하지만 적어도 어젯밤만큼은 확인하고 싶은, 아니 확인해야 할 것이 있었다.

'저 운동화, 할머니가 아줌마한테 부탁한 거 아니야?'

할머니가 진회색 눈동자를 느리게 끔뻑였다. 뭔가 기억해 내려는 듯, 떠올리려는 듯, 얼굴에 선명한 물음표를 그려 넣었다.

'그랬었나?'

여든까지 채 3년도 남지 않은 나이. 할머니는 가끔 오늘이 며칠인지, 무슨 요일인지도 깜빡깜빡했다. 리모컨을 냉장고에 넣거나, 이웃의 이름을 잊는 경우는 허다했다. 아침에 학교 가라며 이수를 깨우고는 토요일이란 사실에 웃기도 했다. 그러니 이번에도 언제나처럼 잠깐 잊어버렸다고…….

"있쑤, 너 시끄러운 거 되게 싫어하잖아."

이수가 초점 없는 눈으로 기윤을 쳐다보았다.

"너는 그냥 내 따까리나 해. 그게 훨씬 낫지 않냐?"

"……."

"전교생의 따까리가 되는 것보다는."

기윤이 한 번 더 톡톡 얼굴을 때리고는 뒤돌아섰다. 그렇게 몇 걸음 옮기던 녀석이 돌연 이수를 향해 몸을 돌려세웠다.

"야."

"……."

"그런데 너는 같이 살기 안 무섭냐?"

바닥에 퉤 침을 뱉고는 기윤이 좁은 길을 내려갔다. 이수가 힘없이 나무 기둥에 몸을 기댔다. 만약 할머니에 대해 모두가 알게 된다면, 한동안 학교가 시끄러울 것이다. 수군거리는 아이들, 빈정대는 목소리, 사건에 살을 붙여 점점 더 키우는 녀석들까지. 생각만으로도 머리가 아팠다. 하지만 시끄럽기는 지금도 마찬가지였다. 바보 같다, 멍청하다, 키가 아깝다는 소리까지, 이수가 지나갈 때면 시시덕대는 말들이 그림자처럼 따라

붙었다. 기윤이 괴롭히거나 괜한 트집을 잡으면, 반 아이들은 재미있는 구경거리인 듯 쳐다보았다. 이수는 그런 시선이 익숙했다. 어디를 가나 사람들은 이수를 곱게 보지 않았다. 천덕꾸러기, 눈칫밥 같은 말들이 무엇을 의미하는지 시간이 더 흐른 뒤에 알게 되었다.

그 사건이 전교에 퍼진다면, 비록 그렇다 한들 지금보다 상황이 나빠지진 않을 것이다. 더는 기윤의 유치한 장단에 놀아나지 않아도 되니 오히려 편할지 모른다. 그런데 무엇이 이리 불안한 걸까? 왜 자꾸만 기윤의 눈치를 살피게 되는지, 이수는 스스로를 이해할 수 없었다.

멍하니 두 손을 내려다보다 습관처럼 손가락을 꺾었다. 이제 곧 점심시간이 끝날 터였다. 나무에 기댄 몸을 일으키고는 길을 내려갔다. 그 순간 어디선가 들려온 부스럭 소리에 돌아보자 소나무 기둥 뒤에서 껑충한 그림자가 모습을 드러냈다.

"미안. 엿들으려고 한 건 아니야. 내가 먼저 왔거든."

전학생이 항복하듯 두 손바닥을 들어 보였다. 이수의 시선이 입에 물린 하얀 종이 개비에 닿았다.

"여기서 담배 피우면 신고 들어가는데."

"아, 이거?"

세아가 입에 물고 있던 것을 뺐다. 동그란 막대 사탕이 좌우로 흔들렸다.

"담배 끊었어. 대신 이거에 중독이 돼 버려서. 그냥 먹는 것

보다. 이렇게 으슥한 곳에서 먹으면 더 맛있거든. 습관이라는 게 참 무섭다."

전학생이 히죽 웃고는 다시 사탕을 물었다. 어쨌든 담배가 아니라서 다행이었다. 문득 그에게서 풍겨 오던 달콤한 향이 떠올랐다.

이수가 다시 몸을 돌려세웠다. 등 뒤에서 세아의 목소리가 따라붙었다.

"그 자식한테 무슨 약점 잡혔냐?"

그 한마디에 저절로 걸음이 멈춰 섰다. 이수가 반쯤 고개를 돌렸다.

"너 절대 안 쫄잖아."

세아가 가볍게 어깨를 으쓱했다.

"팔씨름은 왜 갑자기 포기했어?"

어제 그 시간에 전학생도 있었나? 그 멍청하기 짝이 없는 팔씨름을 지켜봤을까 생각하니 확 짜증이 솟구쳤다.

세아가 성큼 다가오자 코끝으로 달달한 향기가 느껴졌다.

"너 일부러 졌잖아. 맞지?"

일부러 지려던 건 아니었다. 불현듯 공황이 찾아왔을 뿐이다. 이길 수도 있었다는 사실을 상대인 차돌박에 모를 줄 알았는데, 세아는 생각보다 가까이에서 지켜본 모양이었다.

"그냥 진 거야."

이수가 말했다. 세아가 히죽 웃고는 쪽 사탕을 빨았다.

"사실 남의 일 손톱만큼도 관심 없거든. 그런데 그 새끼랑 다른 애들이 너한테 따까리, 따까리 하는 건 좀 거슬려서."

"……."

"뭐 거슬린다는 것뿐이야. 괜히 기대하지 마."

"뭘?"

이수가 물었다. 세아가 풋 소리 내어 웃었다.

"야, 너 진짜 캐릭터 독특하다."

독특한 사람은 오히려 세아였다. 사탕을 몰래 숨어서 먹어야 맛이 난다니? 게다가 대체 뭘 기대하지 말라는 뜻일까? 이수는 전학생의 말이 전혀 이해되지 않았다.

"어쨌든. 뭐지 아까 그……."

"한기윤."

"그래, 고맙다."

세아가 질렸다는 얼굴로 절레절레 도리질 쳤다. 그러고는 검지와 중지에 막대 사탕을 끼워 넣었다.

"소라게 주제에 누구보고……."

'소라게?' 이수가 소리 없이 눈으로 물었다. 세아가 고개를 끄덕였다.

"자기 보호하려고 소라 껍데기 뒤집어쓰고 다니는 놈들. 하는 짓이 똑같잖아."

소라게가 뭔지 몰라 물어본 것은 아니었다. 대체 왜 기윤을 소라게에 비유했는지 그 이유를 알고 싶었다. 세아의 시선이 찌르듯 이수의 두 눈을 파고들었다.

"너 힘으로 못 당해서 끌려다니는 거 아니지? 약점 잡혀서 그런 거잖아."

"약점……."

"아니, 아니지."

세아가 말을 자르며 손바닥을 들어 보였다.

"그게 뭔지 물어보려던 게 아니야. 말했잖아. 나는 남 일에 손톱만큼도 관심 없다고. 누가 내 뚜껑만 열리게 하지 않으면, 그냥 없는 듯 살고 싶거든."

"……."

"너 등에 업고 유치하게 설치는 꼴을 보니까 한심해서. 그리고 내가 이런저런 아주 다양한 놈들을 경험해 봐서 아는데."

세아가 사탕을 야무지게 빨고는 허공에 길게 숨을 내뱉었다. 눈앞에 투명한 연기가 퍼져 나가는 것 같았다.

"괜히 센 척하는 양아치랑, 안에 진짜 뭘 가지고 있는 놈은 달라."

"뭐를?"

세아가 히죽 웃으며 또다시 어깨를 으쓱했다.

"그것까진 모르지."

시답지 않은 그저 그런 말장난일 뿐이었다. 그럼에도 이수는 어쩐지 기분이 이상했다. 신발에 작은 돌멩이가 들어가고, 손끝에 보이지 않는 가시가 박힌 듯했다. 뾰족하고 따가운 통증이 몸이 아닌 머릿속을 쪼아 댔다. 이수가 두 손으로 얼굴을 쓸어내렸다. 기윤의 발에 차였을 때보다 강한 피로가 몰려들었다.

"본의 아니게 오지랖 부려서 미안하다."

세아가 두 손가락 사이에 막대 사탕을 끼우며 말했다.

"나 여기서 사탕 한 대 빨았다고 애들한테 말하지 마라. 쪽팔리잖아."

"안 해."

등산로에서 혼자 사탕을 먹었다고 과연 누구한테 말할까? 생각하니 우스웠다. 이수가 힘없는 미소를 지었다.

"너도 웃을 줄 아는구나. 이제 좀 사람답네. 그래서 말인데 한 가지만 더 묻자."

세아가 흘깃 이수를 곁눈질했다. 장난기 가득했던 얼굴이 금세 무표정으로 바뀌었다.

"넌 왜 나한테 반말했냐? 오해하지 마. 유치하게 시비 거는 거 아니야. 진짜 궁금해서."

반에서 전학생에게 반말하는 애들은 없었다. 아니, 말을 거는 사람이 없었다. 간혹 간단한 대답을 하거나, 숙제를 알려 주는 여자애들조차 늘 존댓말을 했다.

"너 1학년 3반이잖아."

소문에 의하면 열여덟 살이라 했다. 하지만 세아는 1학년 3반이었다. 밖이라면 모를까, 여긴 학교였다. 더욱이 같은 반이지 않은가. 반 친구에게 존대를 한다면 더 이상한 일이 아닐까.

"맞네. 나 되게 멍청한 질문 했다."

세아가 피식 웃고는 이수를 지나쳐 산길을 내려갔다. 껑충한 뒷모습이 서서히 멀어져 갔다. 이수는 한동안 그 자리에 서 있었다. 알 수 없는 의문이 꼬리에 꼬리를 물고 이어졌다.

전학생은 바로 옆 나무 뒤에 있었다. 두 사람, 아니 기윤이 했던 말들을 다 들었을 것이다. 자연스레 약점이 무엇인지 눈치챘을 텐데 정작 전학생은 할머니에 대해 아무것도 묻지 않았다. 둘 중 하나였다. 못 들었거나, 아니면 진정한 약점이라 생각했단 뜻이다. 쩌렁쩌렁한 기윤의 목소리가 안 들렸을 리 없을 테지. 그렇다면 이유는 오직 한 가지뿐이다.

이수가 또다시 손가락 관절을 꺾었다. 점심시간이 끝났다는 예비 종이 울려 퍼졌다. 산마루에서 불어온 바람이 교복 셔츠 속을 파고들었다. 또 한번의 가을이 찾아왔다. 깊이 묻어 두었던 기억이 소금 바람을 타고 의식 위로 떠올랐다.

엄마와 남자가 살던 집은 횟집 근처였다. 할머니는 오가는 길에 가끔 들러 냉장고에 반찬을 넣어 주었다. 과일과 먹거리를 사다 놓았다. 엄마는 할머니가 올 때면 잔뜩 쌓인 술병부터 감추었다.

'그 사람이 고향에서 큰 횟집을 한다고 했어요. 저는 정말 그 사람이 하는 덴 줄 알았죠.'

엄마는 숙취 가득한 목소리로 푸 하고 한숨을 내쉬었다. 멀리 앉아 있는데도 비릿한 술 냄새가 풍겨 왔다. 할머니는 아무 대답도 하지 않았다. 화분처럼 앉아 있다 조용히 일어나 집을 나섰다. 그리고 때가 되면 다시 찾아왔다. 말없이 냉장고를 채워 놓았다. 엄마는 더는 술병을 감추지도 않고 할머니를 향해 히죽히죽 웃었다.

'몰라요, 어디 갔는지. 좋은 사업 아이템이 있다고 서울 올라갔어요. 횟집 잘 지키셔야 할 거예요. 이번에는 또 누구 주머니 채워 줄 호구가 되려는지.'

사흘 만에 돌아온 남자에게 엄마는 술병을 던졌다. 언제 어디서 찍었는지 모를 사진들을 끼워 넣은 액자들이 깨지고 부서졌다. 바닷가 마을이라 조용할 줄 알았다. 더는 눈치 보지 않아도 될 줄 알았다. 그런데 친척 집을 전전할 때와 별반 다르지 않았다. 아니, 몇 배 더 시끄럽고 긴장되는 나날이 이어졌다. 그래도 가까이에 바다가 있었다. 이수는 집에서 나와 천천히 바닷가를 향해 걸어갔다.

관광객이 드문 주중이면 작은 어촌 마을이 한산했다. 터벅터벅 걷다 보면 눈앞에 너른 바다가 펼쳐졌다. 때로는 할머니 횟집에서 우렁우렁 소리치는 남자가 보였다.

'이번에는 진짜라니까. 걔네 회사 곧 코스닥에 상장할 거야. 그게 뭔지 설명해 주면 알아듣기나 해요? 어쨌든, 그때 되면 늦는다고. 아, 일이 잘 풀려야 가정이고 뭐고 신경 쓸 거 아니

야. 이 촌구석에서 콩고물 떨어질 게 없으면 미쳤다고 호적에 올려?'

남자는 사업 자금을 받아 내려 할머니 어깨를 주무르기도 하고, 서빙을 보기도 했다. 그러다가 걸핏하면 제 분에 못 이겨 금고에서 돈을 꺼내 휑하니 나가 버렸다.

멀리서 지켜보던 이수가, 할머니와 눈이 마주치고는 서둘러 몸을 돌렸다.

'애야.'

도망가려던 걸음이 저절로 멈춰 섰다.

'너 밥은 먹었냐?'

이수가 뒤돌아 고개를 내저었다. 할머니가 이리 오라며 손짓했다. 횟집에 가지 않겠다 다짐했는데, 두 다리가 멋대로 움직였다.

식탁 위에 각종 반찬과 국이 올라왔다. 미역국이 담긴 그릇에 밥을 말고 얼굴을 파묻은 이수를 보며 할머니가 속삭이듯 물었다.

'참 복스럽게도 먹네. 맛있냐?'

이수가 고개를 끄덕였다. 먹을 수 있을 때 양껏 먹어 놓는 게 좋았다. 하지만 굳이 그런 말까지는 할 필요 없다고 생각했다.

'여기 음식에 젓갈이 들어가서 어린애들은 싫어하던데.'

할머니의 주름진 입가에 설핏 미소가 지나갔다.

'무슨 반찬을 제일 좋아하냐?'

'다요.'

움푹 파인 두 눈의 시선이 숟가락을 쥔 작은 손등에 닿았다.

'손은 어쩌다 그랬누?'

이수가 슬쩍 손등을 보았다.

'사과 먹다가요. 썩은 거 잘라 내는데 칼이 안 들어서 미끄러졌어요.'

냉장고에 하나 남은 사과였다. 절반이 상했지만 도려내고 먹으면 괜찮을 것 같았다. 그런데 칼이 무뎠다. 요령 없이 힘으로만 하려니 잘 듣지 않았다. 칼날이 엇나가고 따끔한 통증이 스몄다. 손등에 송골송골 피가 맺혔다.

'칼은 무딘 게 더 위험하다.'

할머니는 입가에 미소를 지웠다. 이곳에 내려온 지도 1년이 다 되어 갔다. 그러나 삶에는 변화가 없었다. 배고플 때 찾아갈 수 있는 곳이 생겼다는 것을 제외한다면.

'밥이랑 국 더 가져다주마.'

할머니가 끙 소리를 내며 자리를 털어 냈다. 이수가 남은 반찬을 입에 넣었다. 배가 부르니 어쩐지 안심이 되었다. 하지만 그때까지도 알지 못했다. 그들 앞에 어떤 일이 기다리고 있는지. 그건 할머니도 마찬가지였을 것이다. 거짓말처럼 하루아침에 엄마와 남자가 세상을 등졌다. 남은 사람은 노모와 어린아이뿐이었다. 그 둘이 도망치듯 바다를 건너 섬에 들어가리라고는 아무도 상상하지 못했을 것이다.

이수가 교실에 돌아왔을 때, 기윤은 책상에 걸터앉아 아이들과 히죽거렸다.

"일주일에 세 번 가는 것도 죽을 맛이었는데, 요즘은 그럭저럭 다닐 만해. 걔 공부도 되게 잘해. 집 근처 학원에 다녔었는데, 거기 수학 샘이 우리 학원으로 왔대. 자기랑 잘 맞는 샘이라고 같이 따라왔나 봐. 진짜 공부만 하는 애라니까. 어쨌든 요즘 형님 썸 좀 타고 있다. 기다려 봐. 조금 더 가까워지면 그때 생각해 보마."

이수가 자리에 앉았다. 기윤이 발끝으로 툭 책상을 건드렸다.

"있쑤, 너도 관심 있냐? 내가 여친 소개해 줄까?"

녀석의 한마디에 패거리들이 키득거렸다.

엄마는 술에 취하면 지루한 넋두리를 했다. 친척들은 이수에게 싫은 내색을 감추지 않았다. 그런 것들을 일일이 가슴에 담아 두었다가는 뾰족한 말에 찔려 죽을 것만 같았다. 이수는 곧잘 혼자만의 생각에 빠져들었다. 교과서에 나온 그림이나 길고양이의 커다란 두 눈, 문방구에서 봤던 장난감을 떠올리거나 수학 문제를 암산으로 풀어 보고는 했다. 학교 앞 간판들을 떠올리며 그 속에 적힌 전화번호를 외웠다.

쓸데없다 생각되지만, 그것이 이수가 살아가는 방법이었다. 머릿속 세상에 집중하면 물속에 빠진 듯 주위의 소음들이 일렁이기 시작했다. 정신을 차렸을 때 엄마는 잠들었고, 어른들은 문을 닫고 나가 버렸다. 학원 여자아이의 얼굴과 몸매에 대해 이러쿵저러쿵 떠들던 기윤의 목소리가 조금씩 멀어지려는 데…….

"좀 조용히 하자고."

낮고 싸늘한 목소리가 귓가에 꽂혔다. 교실을 떠돌던 소란이 일시에 음소거 되었다. 수십 개의 시선이 일제히 한곳으로 모였다. 이수가 고개를 돌린 곳에 세아가 있었다.

"쉬는 시간이거……든."

기윤이 힘없이 말끝을 흐렸다. 존대하자니 자존심이 상하고, 반말하자니 겁이 나는 모양이었다.

"그래, 좀 쉬자고. 너 떠드는 소리에 쉴 수가 없잖아."

세아는 거친 욕설을 내뱉지 않았다. 소리를 지르지도 않았다. 책을 읽듯 감정 없는 목소리로 또박또박 말을 이었다. 그 차분함이 오히려 상대의 기를 꺾었다. 아이들이 기윤과 세아를 동시에 흘낏거렸다. 몇몇은 귓속말까지 주고받았다. 그 순간 교실 문이 열리더니 지친 표정의 선생님이 들어왔다. 하지만 이미 늦어 버렸다. 아이들은 귀까지 벌겋게 달아오른 누군가의 얼굴을 보고야 말았다. 만약 상대가 전학생이 아니었다면, 전혀 다른 상황이 연출됐을까.

이수는 문득 세아가 말한 소라게가 떠올랐다. 기윤이 자신을 방패 삼아 아이들에게 거들먹거린다는 뜻이었다. 그것이 사실인지 아닌지는 전혀 관심 밖이었다. 다만 소라게라는 말을 들었을 때 알 수 없는 기시감이 밀려들었다. 이수는 왜 그런 느낌을 받았는지 알고 싶었다. 혹여 나도 모르게 뒤집어쓰고 있는 무언가가 있을까? 그것이 때때로 지독한 공황으로 나타나는 것일까? 누구에게라도 간절히 묻고 싶지만, 딱히 생각나는 사람이 없었다. 엄마는 더는 이 세상에 존재하지 않았다. 살아 있었다 한들, 그 질문에 답을 내어 줄 리 만무했다.

'너는 정말 조용한 아이야. 얼마나 조용하던지 4개월이 지나도록 아무 느낌도 없었어. 내가 원래 규칙적이지가 않아서. 무슨 느낌이 없었냐고? 뭐가 규칙적이지 않았느냐고? 그건 너도 더 크면 자연스레 알아.'

알고 싶은 건 단 한 번도 말해 준 적 없었다. 어디로 가는지, 왜 가는지, 언제 돌아오는지. 결국 이수는 아무것도 묻지 않았다. 이곳에서는 언제까지 머물러야 하는지, 학교는 얼마나 먼지, 학부모 참관 수업에는 누가 오는지, 이런 질문들이 소용없다는 걸 잘 알게 되었으니까. 이수는 조용한 아이가 아니었다. 입을 닫는 것이 현명한 일임을 깨달았을 뿐이었다.

"거기 맨 뒤 멍하게 앉아 있는 애. 그래, 너. 그 지문 읽고 해석해 봐."

이수가 창밖에서 시선을 거두고 책으로 눈을 돌렸다.

"A police officer was visiting a high school in a particularly tough area of New york. 경찰관이 방문하고 있었다. 뉴욕에서 특별히 위험한 지역의……."

교과서를 읽고 해석하는데 몇몇 아이들이 속삭였다.

"저럴 때는 또 멀쩡하게 보여."

영어 선생님이 손을 들어 됐다는 신호를 보냈다. 앞자리에 앉은 기윤이 책상 아래서 휴대폰을 만지작거렸다. 수업 시간에 몰래 게임을 하거나 영상을 보는 아이들은 많았다. 과목마다 차이는 있지만, 선생님이 만만하다 싶으면 모두 손에서 휴대폰을 놓지 않았다. 그 사실을 선생님들도 모르지 않았다. 다만 모른 척할 따름이었다.

5교시 수업은 지루하게 흘러갔다. 창으로 비치는 햇살이 포근했다. 아이들이 졸다 깨기를 반복하는 사이, 드디어 종이 울렸다. 수고했다는 선생님의 한마디에 다들 책상에 엎드려 쪽잠을 잤다.

이수가 교실을 빠져나왔다. 밀려드는 졸음을 간신히 참아냈다. 화장실에서 세수라도 해야 할 것 같았다. 걸음을 옮기는데 복도 벽에 비스듬히 기대서 있는 기윤이 보였다. 열심히 키패드를 두드리는 모습이, 누군가와 연락하는 모양이었다. 얼마나 집중했는지 먹잇감이 지나가는데도 시비를 걸지 않았다. 이수는 말없이 화장실로 들어갔다. 기윤의 관심이 사라진 건 어쨌든 반가운 일이었다.

교실에 돌아오자 몇몇 아이들이 둥글게 모여 있었다. 전학생을 곁눈질하는 기윤의 눈빛이 이수의 시선을 붙잡았다. 뭔가 재미있는 일이라도 알아냈는지 입가에 은근한 미소를 띠고 있었다. 다른 사람도 아닌 기윤이었다. 녀석이 재미있어 할 일이라면, 썩 달갑지 않은 소식일 것이다. 하지만 괜한 오지랖이었다. 남의 일에 관심이 없는 건 이수도 마찬가지였다. 반 아이들이 이러쿵저러쿵하는 이야기에 아무런 흥미도 없었다.

마지막 수업까지 빠르게 흘러갔다. 청소를 끝낸 후 이수가 교실을 벗어나도록 주위가 조용했다. 평소라면 뭐라도 하나 걸고넘어졌을 기윤이 어쩐 일로 보이지 않았다. 이수는 이 고요함이 오히려 불길했다. 마치 하늘 끝에 걸려 있는 회색 구름 떼를 보는 것 같았다. 손톱보다 작았던 구름이 비바람을 몰고 오기까지는 그리 오랜 시간이 걸리지 않았다.

이수가 선착장에 도착할 무렵 누군가 반 채팅방을 개설했다. 그곳에 덩그러니 링크 하나가 올라왔다. 무심코 클릭하자 인터넷 기사로 연결됐다.

"뭐야, 이거?"

화면을 내리던 이수의 눈이 저절로 커졌다.

—대박, 이거 진짜야?

—소름 돋아. 설마 싶었는데.

—와, 양아치네. 어쩐지 납작 엎드려 지낸다 했다.

—완전 범죄자네. 학교는 무슨 정신으로 받아 준 거야?

—집에 돈 좀 있나? 금수저?

—혹시 사이코패스 아니야? 적어도 소시오패스는 될 듯.

—71세? 완전히 할아버지네.

—야, 이것뿐만이 아니야. 그 새끼 우리 학교까지 왜 굴러왔는지 알아?

채팅방을 누가 개설했는지는 묻지 않아도 알 수 있었다. 이 기사를 보낸 사람의 명백한 의도까지 맑은 물속 보듯 투명했다.

마지막 한 줄이 올라오기 무섭게 줄줄이 욕설이 따라붙었다. 선착장에서 솔도로 향하는 배의 출항 방송이 흘러나왔다. 놀란 갈매기 떼가 일제히 날아올랐다. 하늘에 하얀 점들이 사방으로 흩어졌다. 물새들은 날아서 솔도까지 갈 수 있을까? 문득 궁금증이 생겼다.

'괜히 센 척하는 양아치랑, 안에 진짜 뭘 가지고 있는 놈은 달라.'

이수가 주머니에 휴대폰을 넣고는 터덜터덜 계단을 내려갔다.

늦은 밤, 할머니가 일을 마치고 돌아왔다. 이수가 방에 요와 이불을 깔았다. 처음에는 섬에 부딪는 파도 소리가 낯설었다. 밤늦도록 쉬 잠들 수 없었다. 할머니 말처럼 섬이 가라앉지나 않을까 살짝 두렵기도 했다. 지금은 파도 소리가 없으면 오히려 잠이 오지 않았다. 중학교 때 수학여행으로 경주에 간 적이 있었다. 이수는 호텔 방에서 새벽까지 몸을 뒤척였다. 잠이 안 오는 까닭이 불편한 침대 때문이라 생각했다. 옆에서 험하게 자는 친구도 탓했다. 하지만 비로소 알게 되었다. 왜 호텔에서는 잠이 오지 않았는지. 이유는 한 가지뿐이었다. 창밖으로 파도 소리가 들리지 않았다. 도시에는 모래사장을 어루만지는 푸른 손길이 없었다. 섬 귀퉁이를 아프게 할퀴는 파도가 없었다. 언제 이렇듯 바다에 익숙한 몸이 되었는지, 이수는 밤을 지새우며 생각했다.

창밖으로 자장가 같은 파도 소리가 들려왔다. 그런데도 도무지 잠이 오질 않았다. 불 꺼진 천장을 바라보며 눈을 감았다. 자꾸만 인터넷 기사가 떠올랐다.

만 15세 남학생 주거 무단 침입, 혼자 사는 70대 노인 폭행 후 도주.

금품을 훔치기 위해 가정집에 침입한 남학생이 집주인에게 발각된 사건이었다. 사건이 발생한 시각에는 집주인인 70대 김 모 씨 외에 집에 아무도 없었다. 남학생은 김 씨의 얼굴을 가격하고 온몸을 폭행했다.

이 사건으로 피해자 김 씨는 전치 12주의 상해를 입었다. 남학생이 훔쳐 간 물품은 김 씨가 한 달 전 구매한 최신 스마트폰이었다. 공범은 아직 파악되지 않았다. 이 사건으로 피해자 김 씨는…….

기사 내용은 대략 이러했다. 사건의 가해자가 진짜 세아인지는 알 수 없었다. '180센티미터가 넘는 거구의 몸으로'. 이 구절

만이 사건 속 남학생과 세아의 유일한 공통점이었다.

섬을 어루만지는 파도 소리가 가까이에서 들려왔다. 이수는 그사이 까무룩 잠에 빠져들었다. 얼마쯤 지났을까. 삐거덕 소리와 함께 방문이 열렸다. 누군가 안으로 들어오는 기척이 느껴졌다. 이수는 이 상황이 꿈인지 현실인지 선명치 않았다.

바람마저 잠든 새벽이었다. 바다 건너에서 도둑이 찾아올 리 없었다. 만약 숨어든다 해도 섬에서 가장 초라한 집의 담을 넘지 않을 것이다. 누군가 자신을 내려다보는 시선에 가위눌린 듯 가슴이 답답했다. 이수가 두 눈을 뜨자 어둠 속에서 사람의 실루엣이 보였다. 순간적으로 턱 하고 숨이 막히며 얼음물을 뒤집어쓴 듯 온몸에 소름이 돋았다. 눈앞의 상황은 절대 꿈이 아니었다. 그 사실이 더 큰 공포로 다가왔다.

"하…… 할머니?"

잠긴 목소리가 탁하게 갈라져 나왔다. 이수가 뭍으로 끌려온 물고기처럼 벌떡 몸을 일으켰다.

"왜…… 무슨 일이야."

이수를 내려다보던 할머니가 몸을 돌려 방을 나갔다. 삐거덕 열린 방문이 철컥 소리를 내며 닫혔다. 이수가 손을 뻗어 머리 위 휴대폰을 낚아챘다. 갑자기 쏟아져 나온 불빛에 저절로 미간이 일그러졌다. 화면에 숫자 2가 깜빡거렸다. 아무리 아침잠이 없는 할머니라 해도 이 시간에 기상할 리 없었다. 이수가 튕기듯 일어나 방문을 열었다. 할머니 방에서는 고단한

숨소리가 들려왔다.

어둠 속에서 번뜩이던 눈동자가 또렷했다. 할머니는 분명 잠든 이수를 내려다보고 있었다. 반투명한 창유리 밖으로 달빛이 희붐하게 빛났다. 섬이 깨어날 때까지는 아직 시간이 남아 있었다.

4.

# 소문

"지금은 아침 독서 시간입니다. 모두 반듯한 자세로 앉아 책을 폅니다. 하루 30분 독서가 여러분의 삶에 좋은 길라잡이 역할을 할 것입니다. 독서로 시작하는 아침은 정신은 물론이요, 몸과 마음에도……."

0교시 독서 시간을 알리는 방송이 나왔다. 하지만 이 시간에 진짜 책을 읽는 아이는 드물었다. 담임이 감독하는 날에는 그나마 읽는 시늉이라도 했다. 그마저도 몇 분 버티지 못했다. 대부분 엎드려 자거나 딴짓을 했다. 책상 위 눈속임용 소설과 에세이는 1년이 지나도록 똑같은 페이지였다. 아침 독서 시간에 책장 넘기는 소리는 들리지 않았다. 다만 여기저기서 키패드 두드리는 소리와 키득거리는 웃음소리가 대신했다.

"5분 뒤에 올 거야. 떠드는 녀석은 끝나고 남을 각오해라."

담임이 교실을 빠져나가기 무섭게 몇몇이 길게 기지개를 켰다. 본격적으로 0교시의 자유를 즐겨 보겠다는 몸짓이었다. 제일 먼저 자리에서 일어난 사람은 언제나처럼 기윤이었다.

기윤은 책상에 걸터앉아 친구들과 시시덕거렸다. 오늘따라 유독 과장되게 웃고 큰 소리로 떠들었다. 아이들은 뒷자리 전학생을 흘낏거렸다. 평소와는 확실히 다른 분위기였다. 기윤이 웃음을 멈추고는 한마디 툭 내뱉었다.

"야, 조용히 하자. 어떤 분 심기 건드리지 말고."

아이들의 시선이 일제히 한곳으로 몰렸다. 마치 그 사람이 누구인지 알려 주겠다는 듯. 반 분위기가 비로소 이해되었다. 몇몇이 주머니에서 휴대폰을 꺼내 들었다. 분명 누군가 채팅방에 띄운 기사 때문일 것이다.

"너희도 조용히 해라. 그러다 코뼈 나간다."

앞에 앉은 녀석이 기윤의 말을 받았다.

"몰랐네. 우리 반에 유명 인사가 있는 줄은. 인터넷에 기사도 나오고. 사인 받아야 하나?"

"그럼 너도……."

기윤의 시선이 전학생에게 날아가 꽂혔다.

"유명해질 짓 좀 해 봐."

아이들이 웅성거렸다. 모두 한마디씩 거드느라 정신이 없었다.

"와, 세상 참 좋다. 죄를 지어도 멀쩡하게 학교에 다니고. 대충 전학만 보내면 다야? 소년원에 다녀왔단 기본 정보는 말해 줘야지. 그래야 우리같이 평범한 학생들이 알아서 몸 사릴 것 아니야?"

전학생 앞에서 하룻강아지처럼 몸을 떨던 기윤이었다. 녀석을 떨게 만든 건 힘을 잃을지 모른다는 두려움이었다. 혹여 자신의 무리가 전학생 쪽으로 흘러들까 노심초사했으니까. 그러나 만약 이 모든 의혹이 사실이라면, 누구도 세아의 편에 서지 않을 것이다. 또래 집단에서 군림하는 것과 진짜 범죄자는 차원이 달랐다. 기윤이 학교에서 설칠 수 있는 이유 중 하나는 삼촌이 경찰인 덕이었다. 만약 기윤과 세아가 붙게 된다면, 단순한 또래 싸움으로 끝나지 않을 터였다. 녀석은 바로 그 점을 노리고 있었다. 역시 기윤다운 태도였다.

"주거 무단 침입에 절도, 그리고 폭행까지. 와, 남들은 평생 가야 하나도 못 저지를 것을. 야, 이런 걸 뭐라 하냐? 해트 트릭이냐? 아니면 삼관왕?"

기윤이 키득거렸다. 옆자리에 앉은 녀석이 "별이 세 개면 '쓰리 스타' 아니야?" 하며 손가락 세 개를 올렸다.

그 순간 드르륵 소리와 함께 의자가 뒤로 밀렸다. 소란이 일시에 잦아들었다. 누군가 꿀꺽 마른침을 삼켰다.

세아가 자리에서 일어나 창가 쪽으로 걸어왔다. 애써 태연한 척하려는 기윤의 얼굴이 딱딱하게 굳어 갔다. 그러나 세아의 표정은 새벽 운동장만큼이나 고요했다.

"겨…… 경고하는데, 나 건드렸다가는……."

기윤이 더듬거리며 주먹을 움켜쥐었다. 세아는 어느덧 코앞까지 다가와 있었다.

"건드렸다가는 뭐?"

세아의 목소리는 차분했다. 숙제를 묻듯 다소 귀찮은 음성이었다.

"우리 삼촌 경찰이야, 알아?"

그 말이 오히려 기윤을 아이처럼 보이게 했다. 세아가 빙긋이 웃으며 겁먹은 꼬마를 향해 고개를 끄덕였다.

"잘됐네. 그럼 잘 아실 거 아니야."

"뭐…… 뭘?"

긴장한 기윤이 물었다. 이제는 누가 놀리는 사람인지, 누가 놀림을 받는 사람인지 구별하기가 불분명해졌다.

"주거 무단 침입. 절도. 폭행."

세아는 손가락까지 꼽아 가며 죄명을 하나하나 읊조렸다.

"그게 다야? 더는 알아낸 거 없어?"

세아가 한 바퀴 휘둘러보자 모두 고개를 숙였다. 조금 전 이죽거림은 다 어디로 갔는지, 시시덕거리고 웅성거리던 목소리는 왜 사라졌는지, 모두 덩치만 큰 겁쟁이에 불과했다.

세아의 두 눈이 한 아이의 휴대폰에 닿았다. 화면에는 기윤이 개설한 채팅방이 떠 있었다.

"나 의외로 인기 많네. 이렇게 관심을 한 몸에 받고 있을 줄 몰랐어."

전학생이 고개를 돌려 기윤을 바라보았다. 그의 입가에 서늘한 미소가 번졌다.

"주거 침입, 절도, 폭행, 그다음은?"

"……."

"살인 미수. 왜 이건 깜빡해? 서운하게."

한 아이가 손으로 입을 틀어막았다. 세아가 가볍게 어깨를 다독이자 기윤이 흠칫 놀라 몸을 떨었다.

"환영해 줘서 고마워."

이 말을 끝으로 전학생이 제자리로 돌아갔다. 복도 끝에서부터 익숙한 발소리가 들려왔다. 앞문이 열리며 불쑥 담임이 안으로 들어섰다. 평소라면 적잖이 시끄러운 소란에 발소리 따위 아무도 눈치채지 못했을 것이다.

"야, 너희들이 웬일이냐. 다들 얌전히 자리에 궁둥이 붙이고 앉아 있고. 거기 한기윤 너는 뭐야, 인미. 내가 들어왔는데도 책상 위에 앉아 있어? 빨리 안 내려와?"

기윤이 반쯤 넋이 빠진 얼굴로 의자에 주저앉았다. 오늘따라 왜 이리 조용한지, 담임은 전혀 모르겠단 표정이었다. 꿀꺽 마른침 삼키는 소리가 다시 한번 크게 들렸다.

"소년법 10호 처분이래. 아마 8호부터 소년원 들어갈걸? 9호는 단기, 10호는 장기."

"10호면 가장 나쁜 짓 저지른 거네?"

"꼭 그렇지만도 않은가 봐. 더 나쁜 죄를 지어도 반성의 기미가 있느냐 없느냐. 똑같은 죄라도 자신도 모르게 저지른 일이냐, 계획적이냐."

"그건 어른들도 마찬가지잖아."

"야, 소년법이 왜 있겠냐? 계획적이냐 아니냐. 이건 어른이랑 똑같지. 그런데 판사 앞에서 엄청나게 후회하는 척, 반성하는 척하면, 어른보다 훨씬 너그럽게 봐주는 거지."

"그런데 진짜 살인 미수일까? 괜히 허세 부리는 거 아니야?"

"1년 있다 나왔다는데, 진짜 아닐까?"

"그럼 우리 학교로 전학 오게 된 그 소문도 사실이야?"

"전에 있던 학교에서 선생 폭행했다는 거?"

"아니겠지? 설마 진짜면 전학으로 끝났겠냐?"

"그럼 살인 미수는 진짜일까? 정말 70대 할아버지를……."

"몰라. 학교도 미쳤지. 어쩌자고 저런 시한폭탄을 받았냐?"

떠들던 아이 중 한 명이 옆구리를 쿡 찔렀다. 세아가 식판을 들고 반 아이들과 멀찍이 떨어진 빈자리에 앉았다.

급식실 가득 수군거림이 안개처럼 피어올랐다. 평소 밥 먹기 무섭게 축구를 하던 녀석들도 운동장에 모여 머리를 맞댔다. 이런 상황에서 태연한 사람은 소문의 당사자뿐이었다. 그리고 다른 한 명이 바로 이수였다.

'내가 네 방에? 꿈을 꿨겠지.'

할머니가 무심한 표정으로 말했다. 혹여 진짜 꿈이었을까?

이수는 간밤의 일을 의심했다. 그러나 절대 꿈일 수 없었다. 할머니가 다녀간 뒤 이수는 줄곧 깨어 있었다. 4시가 훌쩍 넘어서야 설핏 잠이 들었고 할머니가 일어나는 5시쯤 깨고 말았다. 아침이 되자 할머니는 여느 때처럼 밥과 국을 준비했다.

'어서 먹어. 첫 배 놓친다.'

할머니는 지난밤 일을 전혀 기억하지 못했다. 그러나 이수에게는 어둠 속에서 마주한 할머니의 모습이 또렷이 각인되었다. 조금도 지워지지 않았다.

이수가 반쯤 먹은 식판을 들고 일어났다. 어쩐 일로 기윤이 보이지 않았다. 지금쯤 온 신경이 전학생에게로 쏠려 있을 것이다. 더는 따까리가 눈에 들어오지 않겠지. 그것만큼 반가운 일도 없었다. 이수가 급식실을 나와 주머니에서 휴대폰을 꺼내 들었다.

"어, 네가 이 시간에 웬일이냐? 학교에 무슨 일 있어?"

"바쁘시죠?"

전화기 너머에서 호탕한 웃음소리가 들려왔다.

"낚시꾼들 몇 명 일찌감치 해장하고 갔어. 왜, 할머니 전화 안 받으셔?"

이수가 대답 대신 입술 끝을 잘근거렸다. 막상 전화했는데 무엇을 어떻게 물어야 할지 머릿속이 복잡했다.

"별일 없으시죠?"

"전에 미친놈 또 올까 봐? 걱정하지 마. 여기 주방에 널린 게 회 카…….”

아줌마가 실언했다는 듯 큼큼 목소리를 가다듬었다.

“하긴 별일이 있긴 있었다.”

하늘 호수에 하얀 뭉게구름이 흘러갔다. 2학년 선배들이 삼삼오오 모여 농구를 했다. 골이 네트에 들어가자 기분 좋은 환호성이 터져 나왔다. 운동하기 좋은 날씨였다. 아이스크림을 손에 쥔 아이들이 지나갔다. 바람을 타고 진한 바닐라 향이 날아들었다. 이수의 시선이 학교를 감싸 안은 야트막한 뒷산에 닿았다. 단풍이 화려하게 물든 산은 할머니의 낡은 겨울 스웨터를 연상시켰다.

급식실과 교실 복도와 운동장까지, 아이들은 둥글게 모여 수군거렸다. 이수는 단지 그 소리가 듣기 싫었다. 안 그래도 머릿속이 복잡한데 잠시나마 소란에서 벗어나고 싶었다. 그렇게 찾아간 곳에서 정작 소문의 당사자와 마주할 줄은 미처 생각지 못했다.

“너 등에 업고 다니는 소라게는 왜 안 와?”

이수가 고개를 든 곳에 세아가 있었다. 손가락 사이에는 여전히 하얀 막대가 들려 있었다. 전학생이 쪽 사탕을 입에 물었다.

“너도 한 대 어때?”

세아가 주머니에서 막대 사탕 한 개를 꺼냈다. 이수가 고개를 내저었다.

"혹시 네 소라게가 나 찾아오라냐?"

이수는 또다시 도리질했다.

"그냥 왔어. 내가 방해됐다면 갈게."

"방해될 게 뭐 있냐? 여기가 내 땅도 아니고."

세아가 등산로 바닥의 돌멩이를 툭 걷어찼다. 그 모습을 보며 이수는 잠시 망설였다. 그냥 소음을 피해 온 것뿐이다. 하지만 이대로 돌아가기도 어쩐지 이상했다. 이수가 나무 기둥에 몸을 기댔다. 깊게 숨을 쉬자 흙냄새가 느껴졌다.

"왜 안 물어봐?"

"나도 누구처럼 남의 일 손톱만큼도 관심 없어."

사탕을 먹던 세아가 풋 하고 웃었다.

"와, 너 생각보다 뒤끝 있다."

"뒤끝 아닌데?"

두 사람의 시선이 허공에서 엉클어졌다.

"아니라니까 또 서운하잖아."

나뭇가지에서 잎이 떨어졌다. 가을은 풍요의 계절이라 했다. 그렇기에 이수는 공허했다. 손에 쥔 것이 아무것도 없어서, 손가락 사이로 모두 빠져나간 듯 마음이 시렸다.

"다 사실이야."

세아가 혼잣말하듯 중얼거렸다.

"뭐 관심 없겠지만. 그냥 그렇다고."

이수의 시선이 발끝으로 떨어졌다. 낙엽들 사이로 개미 떼가 줄지어 갔다. 곤충의 사체를 옮기는 중이었는데, 어떤 곤충이었는지 정체가 불분명했다. 원래 죽어 있던 것일까? 아니면 개미들이 죽여 운반하기 좋게 분해했을까? 구불구불 이어지는 행렬을 보며 문득 궁금하다는 생각이 들었다.

"왜 그랬어?"

이수가 물었다. 개미 떼에게 물은 것일까, 마주 서 있는 세아에게 물은 것일까? 어쩌면 할머니에게 묻고 싶은지도 몰랐다.

"왜 남의 집에 들어갔느냐고?"

세아가 되물었다. 땅에 고여 있던 이수의 시선이 돌아왔다.

"70대 노인을 폭행하고, 물건을 훔치고."

"……."

"칼 들고 협박했느냐고?"

'끝나고 PC방 갈래?' 묻듯 심드렁한 목소리였다.

"이유 없어. 그냥 했어."

"하고 싶었어?"

이수의 질문에 세아가 쪽 사탕을 빨았다.

"아마 그랬겠지? 미치도록 하고 싶었을 거야."

"돈이 필요했던……."

"있잖아, 내가 삶에 꼭 필요한 진리를 하나 알려 줄게."

세아가 이수의 말을 자르고 히죽 웃었다.

"너, 인간들이 나쁜 짓을 저지를 때는 뭔가 이유가 있다고 생각하지?"

"……."

"물론 있기는 하지. 어쩔 수 없이. 아니면 정말 몰라서. 협박 당해서. 경제적 이유로. 그 밖에 기타 등등."

'언더스탠드?' 세아가 막대 사탕을 흔들며 말했다. 그 모습이 마치 시험에 나오니 꼭 외우라는 선생님 같았다.

"그런데 진짜 악인들이 있어."

"……."

"솔직히 그런 인간들한테는 이유가 없어. 그냥 하고 싶으니까 하는 거야. 그 외에는 아무것도 생각하지 않아. 그런데도 사람들은 어떤 의도를 가지고 범죄를 저질렀다고 추측해. 습관처럼 '그냥'이라는 말 쓰잖아. 맞아, 세상은 다 그냥이야."

세아가 왜 이런 말을 하는지 이수는 알 수 없었다. 자신도 남의 집에 들어가 70대 노인을 폭행한 것이 그냥 하고 싶었기 때문이라 주장하는 걸까?

"너도 그랬다는 거야? 아무 이유 없이?"

세아가 대답 대신 기묘한 표정을 지었다.

"인간쓰레기."

"……."

"쓰레기는 자신이 쓰레기라고 해도 전혀 신경 쓰지 않아. 문제는 주위 사람이지. 악취 때문에 너무 힘들거든."

그래서 자신이 쓰레기라는 뜻일까? 세아의 말을 들으면 들을수록 이수는 죽은 남자가 떠올랐다. 할머니에게 끈질기게

돈을 요구하며 행패를 부리던 남자의 눈에는 그 어떤 미안함도, 일말의 죄스러움조차 없었다.

“아무튼, 여기서는 조용히 지내야 해. 우리 꼰대 더는 못 참을걸?”

세아가 발끝을 세워 툭툭 땅을 두드렸다. 더 묻고 싶지만, 이수는 침묵했다.

“오늘따라 사탕이 쓰다.”

세아가 나무에 기대었던 몸을 일으키고는 터벅터벅 산에서 내려갔다.

“왜 휴대폰만 훔쳤어?”

범인은 절도를 위해 남의 집에 침입했다. 기사에 따르면 그 당시 집에는 현금과 귀중품도 있었다. 그러나 범인이 훔쳐 달아난 것은 휴대폰이 전부였다. 세아가 걸음을 멈추고 반쯤 몸을 돌려세웠다.

“최신형이었거든.”

땅을 울리는 발소리가 멀어져 갔다. 껑충한 뒷모습이 조금씩 시야에서 사라졌다.

‘괜히 센 척하는 양아치랑, 안에 진짜 뭘 가지고 있는 놈은 달라.’

그건 전학생도 마찬가지였다. 세아는 괜히 센 척하는 기윤과는 달랐다. 만약 무엇이 다르냐 묻는다면…….

“모르겠어.”

이수가 중얼거리고는 뒤돌아 산에서 내려갔다. 굳이 남의 일까지 신경 쓰고 싶지 않았다. 그럴 이유도 없었다.

'하긴 별일이 있긴 있었다. 너희 할머니가 지리탕에 설탕을 넣었지 뭐냐? 지나가다 보니 아무래도 네 할머니가 설탕 뚜껑을 연 것 같아서 혹시나 싶어 내가 따로 간을 봤지. 하이고, 원숭이도 나무에서 떨어진다고, 너희 할머니가 웬일로 실수를 다 하고 말이다.'

아줌마는 할머니의 손맛을 고스란히 물려받았다. 5년 가까이 함께 횟집을 지킨 두 사람은 단순한 사장과 종업원 관계가 아니었다. 모녀와 다름없다고 해도 과언이 아니었다.

'우솔 목 좋은 곳은 벌써 터줏대감들이 다 들어섰어. 그렇다고 어디 구석에서 해 봤자 손님들 안 와. 바다 보러 오는 사람들이 사방 꽉 막힌 뒷골목에서 회 먹겠어? 어차피 관광객 장사면 옆구리에 바다는 끼고 해야 해. 차라리 솔도로 들어가. 그게 백번 나아.'

반신반의했지만 아줌마는 결국 할머니의 말을 따랐다. 결과는 대성공이었다. 횟집은 단시간에 솔도에서 가장 유명한 곳이 되었다. 돛을 펼치기 무섭게 강한 순풍이 불어왔다. 우연한 기회에 방송까지 타자 사람들은 섬마을 횟집에 오기 위해 배에 올랐다. 아줌마에게 할머니는 은인이며 요리 스승이었다. 그 빚을 갚은 건 할머니가 삶의 전부를 잃었을 때였다. 이번에는 아줌마가 할머니를 솔도로 부를 차례였다. 사람들의 우려와는 달리 순풍은 끊임없이 불어왔다. 그 바람을 타고 섬마을 횟집의 손님은 나날이 늘어 갔다.

셀 수 없이 긴 시간을 주방에서 보낸 할머니였다. 그런 분이 탕에 설탕을 넣었다고 했다. 아무래도 연세가 있으니까. 그렇게 넘어가기엔 명치에 얹힌 단단한 무언가가 조금씩 무게를 더해 갔다. 혹여 할머니가 새벽에 방에 들어온 일과 실수 사이에 어떤 연관이 있을까. 그러나 이수가 알 수 있는 건 없었다. 할머니도 마찬가지일 것이 분명했다.

—야, 있쑤, 너 요즘 나 잘 피해 다닌다? 점심시간에는 어디 갔었냐? 형님 간식 준비 안 하고.

조용하다 싶었는데 한밤중에 기어이 메시지가 날아왔다. 이수가 한숨을 쉬며 창밖을 바라보았다. 겨울이 다가올수록 낮이 짧아졌다. 섬에는 육지보다 빨리 별이 떴다.

—미안.

답장을 보내자 화면에 'ㅋㅋㅋ'이 찍혔다. 욕설이 없는 걸 보니 기분이 좋은 모양이었다.

—봐줬다. 요새 형님이 너 신경 쓸 여유가 없다.

"제발 부탁이다."

이수가 나직이 읊조렸다.

—왜 바쁜지 말해 줄까.

"아니 됐어. 전혀 알고 싶지 않아."

돌연 화면에 사진 한 장이 떠올랐다. 책상에 앉아 있는 여자 아이의 옆모습이었다. 활짝 웃는 얼굴로 앞에 앉은 누군가와 대화 중인 듯 보였다. 이 아이는 알고 있을까? 자신이 기윤의 카메라에 찍혔다는 사실을…….

—우리 학원 다니는 애. 어때? 요즘 나랑 썸 타거든. 조만간 사귈 것 같아.

누구인지, 기윤과 어떤 관계인지는 전혀 관심 밖이었다. 다만

—그런데 걔도 사진 찍힌 줄 알아?

—뭐?

남의 동의 없이 사진을 찍으면 범죄라는 것쯤은 알고 있었다.

— 그러니까 네가 또라이라는 거야.

사진을 길게 눌러 삭제했다. 그사이 화면은 욕설로 도배되었다. 휴대폰을 뒤집어 놓는데 문밖에서 인기척이 들렸다. 할머니가 일을 마치고 돌아온 모양이었다. 이수가 튕기듯 일어나 방문을 열었다.

"왔어?"

"밥은?"

"먹었어."

늘 똑같은 질문과 대답이었다. 이수가 찬찬히 할머니를 살폈다.

"오늘 별일 없었어?"

할머니가 대답 대신 피곤한 시선을 던졌다. 탕에 소금 대신 설탕을 넣는 것이 뭐 그리 대수일까? 일하다 보면 얼마든지 실수할 수 있었다. 정우 아줌마도 가끔 그러지 않나. 엉뚱한 테이블에 음식을 내가거나, 거스름돈으로 오천 원이 아닌 오만 원을 준다거나 하는 일 말이다.

이수가 아니라는 듯 고개를 내저었다.

"싱겁기는. 반찬이나 냉장고에 넣어라."

할머니가 방에서 낡은 속옷을 챙겨 들고는 욕실로 갔다. 뒤이어 쏴쏴 물 쏟아지는 소리가 들렸다. 이수가 검은 비닐봉지를 열었다. 작은 플라스틱 통에 반찬들이 들어 있었다. 매일같이 보는 것들이 이수를 안심시켰다.

씻고 나온 할머니가 마루에서 젖은 머리를 털어 냈다.

"뭍에 다녀와야 하는데 언제가 좋을지 모르겠다."

"왜? 뭐 살 거 있어?"

"제사 지내야지. 제수 준비 안 하냐?"

이수는 자신의 두 귀를 의심했다. 냉장고에 반찬 통을 넣던 손이 멈췄다. 이수가 천천히 몸을 돌려세웠다.

"지금 뭐라고 했어?"

할머니가 물끄러미 이수를 바라보았다. 밤바다처럼 어둡고 까만 눈이었다. 금방이라도 그 속에 빨려 들어갈 것 같아 숨이 막혔다. 할머니가 손에 쥔 수건을 떨어뜨렸다. 젖은 머리에서 흘러내린 물이 관자놀이를 지나 턱 밑으로 방울져 떨어졌다.

"너 그날 뭐 했냐?"

할머니가 읊조리듯 물었다. 이수의 눈동자가 불안하게 흔들렸다.

"네 엄마 죽던 날."

심장이 내려앉았다. 투명한 주먹이 가슴을 후려친 기분이었다. 이수의 얼굴이 창백하게 굳어 갔다.

"내 아들도 죽었지."

할머니의 눈에서 서늘한 안광이 뿜어져 나왔다. 지난밤 잠든 이수를 내려다보던, 굶주린 산짐승 같은 눈빛이었다.

"나는 알아. 다 알아."

할머니는 이 말만 남긴 채 방으로 들어갔다. 눈을 뜬 채 꿈을 꾸는 것만 같았다. 악몽이 이렇듯 생생할 수 있다니……. 이수가 벌컥 안방 문을 열어젖혔다.

"지금 무슨 소리를."

할머니는 그사이 방에 누워 둥글게 몸을 말고 잠들어 있었다. 환한 형광등 아래, 고단하고 지친 숨소리만 들려왔다. 이수는 한참을 그렇게 서 있었다. 할머니의 호흡에 맞춰 파도가 가만가만 뒤척였다. 할머니를 부르려 했지만 목소리가 나오지 않았다. 부른다 한들 일어나지 않을 것이다. 일어난다 한들 아무것도 물을 수 없을 것이다. 이수가 벽을 더듬어 스위치를 눌렀다. 탁 소리와 함께 불이 꺼졌다. 동시에 머릿속도 암전되었다. 할머니에게 무슨 일인가 생기고 있었다. 하지만 할머니조차 모르고 있다. 자신에게 어떤 일이 벌어지고 있는지를…….

그날 엄마는 이수를 데리고 횟집을 찾았다. 헝클어진 머리에 퉁퉁 부은 얼굴로, 마치 손님인 양 주방을 향해 소리쳤다.

'속이 너무 쓰려서요. 시원한 지리탕 좀 먹을 수 있을까요.'

'참 염치도 없네.'

정우 아줌마가 끌끌 혀를 차며 한 소리를 보탰다.

할머니가 말없이 주방으로 들어갔다. 엄마가 이수의 손을 잡아당겨 털썩 의자에 앉혔다.

'아무리 시대가 바뀌었다 해도 사람이라면 기본적인…….'

'장 다 봤으면 어서 돌아가. 칼도 갈아야 한다며? 장 영감도 바빠. 일찍 가지 않으면 한참 기다려야 해. 그러다 배 놓친다.'

할머니가 주방에서 소리쳤다. 손까지 휘휘 내두르는 모습이 빨리 나가라는 뜻이었다. 아줌마가 입술을 비죽이고는 그만 간다며 총총히 사라졌다.

주방에서 나온 할머니가 맑은 지리탕과 반찬들을 탁자 위에 올렸다. 국을 그릇째 들이켠 엄마가 이제야 살겠다며 한숨을 내뱉었다.

'걔는 또 어디 갔냐?'

'몰라요.'

남자를 묻는 것이었다. 이수가 어묵 볶음에 김치를 먹었다.

'젓갈 들어간 반찬도 골고루 잘 먹네.'

할머니가 말했다.

'저 닮아서 그래요. 편식하면 국물도 없죠. 여기 음식 다 맛있어요.'

엄마가 대답했다.

'안 그래도 오늘 밑반찬 좀 만들려고 해. 너희 것도…….'

'저희 것도 주실 거예요?'

'그냥 만드는 김에 같이 하는 거지.'

할머니가 반찬 그릇을 이수 앞으로 밀었다.

'그럼 좋죠. 지난번에 파래 무침 되게 맛있던데.'

엄마가 히죽 웃었다.

'뭐 얼마 되지 않겠지만 그 녀석 오면 차로 실어 가라고…….'

'언제 올지 몰라요. 밖에서 또 무슨 사고나 안 쳤으면 다행이고요.'

평범한 고부 사이라고는 할 수 없지만 어쨌든 아들과 혼인신고를 마친 여자였다. 그러나 두 사람의 관계는 늘 불안하고 위태로워 보였다. 결코 오래가지 못할 것이다. 그 사실을 할머니도 모르지 않았다. 여자는 당장 갈 곳이 없었다. 아이를 맡길 곳도 찾지 못했다. 아들이 집에 들어오지 않는 편이 오히려 잘된 일이라 생각할 것이다. 폭풍이 몰아쳐 성난 파도가 들썩이는 건 바다만으로 충분했다. 할머니의 시선이 어린 이수에게 닿았다.

'칼이 잘 안 들지?'

'집에서 칼 쓸 일이 있나요?'

엄마가 귀찮다는 듯 대답했다.

'가게에 칼 가는 숫돌 있다. 회 뜰 것도 아니니 집에서 쓰는 칼은 굳이 장 영감한테 맡기지 않아도 될 거야.'

옛말은 틀리지 않았다. 유유상종이라는 말은 두 사람을 보면 알 수 있었다. 둘의 결합에 정작 힘든 사람은 당사자들이 아니었다. 그들의 깨지고 망가지는 삶을 코앞에서 지켜보는 이들이었다. 할머니의 속은, 한여름 바다보다 퍼렇게 멍들어 갔다.

만약 그날 할머니가 집에 오지 않았다면, 술에 취한 남자가 갑자기 들이닥치지 않았다면, 주방 싱크대 서랍에 얌전히 잠들어 있던 칼을 녹슬게 내버려 뒀더라면, 차라리 칼 가는 장영감한테 맡겼다면, 엄마는 죽지 않았을 것이다. 그리고 할머니 역시 퍼렇게 날 서 있는 그 칼로…… 자신의 아들을 찌르지 않았을 것이다. 거실 한가운데 쇠붙이가 나뒹굴었다. 그 옆으로 각종 반찬이 쏟아져 있었다. 집 안이 비릿한 냄새로 가득 찼다. 그것은 혹여 피비린내였을까? 하늘과 바다가 미친 듯이 새파랗게 타올랐다. 오래전 늦가을의 어느 날이었다.

5.

# 마음

그날은 수요일이었다. 개교기념일이라 학교에 가지 않았다. 엄마와 횟집에서 아침을 먹고 이수는 친구를 만나러 갔다. 친구 방에서 온종일 컴퓨터 게임을 했다. 그러다 느지막이 집으로 돌아왔다. 온통 붉게 물든 세상. 그것이 유일한 기억이었다. 정신을 차리고 보니 어느 집 담벼락 아래 숨어 있었다. 어떻게 갔는지, 왜 그곳이었는지 아무것도 기억나지 않았다.

남자는 술에 취해 들이닥쳤다. 여느 때처럼 엄마와 말다툼을 시작했다. 잔뜩 흥분한 그가 엄마를 위협적으로 몰아세우며 몸을 거세게 밀쳤다. 아무리 두 사람을 떼어 놓으려 해도 할머니의 힘으로는 역부족이었다. 경찰이 왔을 땐, 엄마 그리고 남자, 두 사람 모두 숨을 거둔 뒤였다. 할머니 손에는 잘 벼린 칼이 쥐여 있었다. 온몸에는 음식 양념인지, 피인지 분간할 수 없는 붉은 것들을 뒤집어쓴 채였다.

'세상에 이게 무슨 일이야. 그 착한 양반이.'

'아무리 그래도 어떻게 아들을 찔러.'

'우발적으로 그랬겠지. 설마 진짜 작정하고 칼을 휘둘렀겠어?'

'아니, 사람 찌르는 게 우발적으로 돼?'

'아무리 자식이라도 사람 목을 조르고 있는데 어떻게 보고만 있어?'

'뜯어말렸어야지, 왜 찔러? 그것도 아들을.'

'뜯어말리다가 그렇게 된 거라잖아. 자기도 모르게 손에 칼을 쥐고 있었나 보지.'

'내 생각도 그래. 너무 당황해서 손에 칼을 쥔 줄도 몰랐을 거야.'

'그렇게 자기 엄마 속 썩이더니 결국 여러 사람 인생 망쳐놓네.'

'그나저나 그 여자 아들은 또 어째? 초등학교 4학년이라고 그랬나?'

'그 엄마라는 여자도 똑같았지, 뭐. 애 놔두고 며칠씩 집 비우고 그랬잖아. 애만 불쌍하지.'

사건은 높은 파고를 일으켜 마을을 집어삼켰다. 사람들은 할머니를 비방했고, 동정했지만, 아무도 그 사건을 이해하진 못했다.

할머니를 위해 팔을 걷어붙인 사람은 오직 한 명뿐이었다.

아줌마는 변호사를 만나러 다녔고 서툰 글씨로 탄원서를 냈으며 이웃들에게 선처를 바라는 서명을 받았다. 솔도의 명물인 섬마을 횟집은 오랫동안 문을 닫았다.

이수는 그날의 일이 간헐적으로 떠올랐다. 지독하고 무서운 악몽을 꾼 것 같았다. 그 후 며칠 동안 여러 어른을 만났고, 여러 곳을 전전했다. 경찰서에 드나든 것 같기도, 잠시 보호 센터에서 생활한 것 같기도 했다. 하지만 무엇 하나 또렷하게 기억나지 않았다. 물에 빠진 듯 사람들의 목소리가 귓가에서 이지러졌다. 자신이 무슨 말을 했는지조차 알 수 없었다. 그렇게 시간이 흘러갔다. 어느 날 이수의 눈앞에 타 버린 나무처럼 바스러질 듯한 모습의 할머니가 나타났다.

'이젠 다 끝났다.'

그 한마디가 할머니가 털어놓은 전부였다. 할머니가 어떤 판결을 받고 어떻게 돌아오게 됐는지 이수는 알 수 없었다. 별로 알고 싶지 않았다. 중요한 것은, 남자의 손에 엄마가 죽었다는 사실이었다. 할머니는 그 죽음을 막으려 애썼다는 것이었다. 그 결과가 또 다른 죽음을 불러오리라고는 생각지 못했겠지. 우발적 사고일 뿐이었다. 그 사고로 할머니는 하나밖에 없는 아들을 잃었다. 세상 전부를 떠나보냈다.

할머니 말처럼 모든 것이 끝났기를 바랐다. 엄마를 생각하면 가슴 한구석이 아릿했다. 하지만 못 견딜 고통은 아니었다. 조금 더 솔직해지자면 아픈 감각이 없었다. 엄마는 철새와도 같았다. 한번 떠나면 좀처럼 쉽게 돌아오지 않았다. 기억 속 엄마는 늘 취해 있었고 남자와 자주 싸웠다. 이제 그 모습을 볼 수 없으니 어쩌면 다행인지 몰랐다. 그 생각이 들 때마다 뜨거운 물을 마신 듯 가슴이 화끈거렸다.

'너 나랑 가자.'

다시 만난 할머니의 첫마디였다. 이수는 가만히 고개를 끄덕였다. 떠난다는 건 어쨌든 이곳에서 사라진다는 의미였으니까.

'야, 너 전학 가? 어디로? 그 할머니 진짜 너희 할머니 아니라면서. 내가 말했지. 우리 삼촌 경찰이라고. 삼촌이 그 할머니 되게 무서운 사람이라고 하던데. 너 진짜 따라갈 거야?'

사물함을 정리하는데 한 아이가 다가와 물었다. 그 시절 이수는 주위의 모든 것이 흐릿하고 멍하기만 했다. 누군가 불러도 대답하지 못했다. 자신의 이름이 무엇인지, 어느 학교 몇 학년인지 기억나지 않았다. 충격에 의한 일시적 기억 상실. 이수는 그 말이 무엇을 의미하는지조차 알 수 없었다. 자신에게 어떤 변화가 생겼다는 사실만 어렴풋이 인지했다. 이수는 지금 눈앞에 누가 서 있는지, 왜 멋대로 쫑알쫑알 떠드는지 이해되지 않았다. 아이의 음성이 갈매기의 끼룩거리는 소리처럼 들렸다. 여름밤 모기떼처럼 시끄럽고 귀찮기만 했다. 이수가 고개를 돌려 사물함 속 책들을 꺼냈다. 색연필과 크레파스, 가위와 칼이 나왔다. 마지막으로 책 사이에 감추어져 있던 색종이가 보였다. 이수의 시선이 붉은 색종이에 오랫동안 매여 있었다. 하늘도, 땅도, 세상 전부가 푸르게 물들던 그날이 떠올랐다. '그런데 붉은색은 어디에 있었지?' 어디선가 비릿하고 쿰쿰한 젓갈 냄새가 풍겨 왔다. 이수가 짐을 챙겨 혼자서 교실을 빠져나갔다. 등 뒤에서 아이가 뭐라고 소리쳤지만, 전혀 들리지 않았다. 이수는 아무 말도 하고 싶지 않았다. 머릿속을 가득 메운 의문들은 솔도로 들어가는 뱃길에 모두 쏟아 버렸다. 정확한 이유는 알 수 없었다. 다만 어쩐지 그래야만 할 것 같았다.

섬사람들은 할머니를 달가워하지 않았다. 제 손으로 아들을 죽인 비정한 어머니, 그런 사람이 섬에 들어와 또 무슨 짓을 벌일지 모른다며 의심했다. 살인자가 사는 섬이라 낙인찍히면 관광객들의 발길도 끊길 거라며…….

'법이 살인 아니라고 했잖아. 어쩔 수 없었다고. 당신들이 뭘 안다고 살인자 운운해, 응? 뭐 관광객? 이 코딱지만 한 섬에 얼마나 관광객이 많이 왔다고. 정 그러면 내가 솔도 나가면 되겠네.'

아줌마가 우렁우렁 목청을 높였다. 섬사람 누구도 더는 입을 떼지 못했다. 아줌마가 횟집에서 관광객들에게 소개해 주는 민박집이 한두 곳이 아니었다. 솔도 사람들은 횟집의 유명세를 절대 무시하지 못했다.

적의는 표면적으로 잠잠해졌을 뿐이었다. 고요한 바다처럼 그 속에 무엇이 도사리고 있는지 알 수 없었다. 사람들은 만나기만 하면 숙덕거렸다. 그 사실을 아줌마와 할머니 두 사람 모두 모른 척했다.

'그래도 어떻게 자기 아들을.'

'그나저나 죽은 여자 아들은 왜 데려왔을까? 어쨌든 둘이 혼인 신고는 했다니까 법적으로야 손자는 맞지만 피 한 방울 섞이지 않았잖아.'

'어른들 때문에 어린것이 뭔 죄야. 소문 듣자 하니 거둬 줄 친척 하나 없다네.'

'참 별일이야. 자기 자식 보내고 애먼 남의 자식 데려다 키우니.'

'그 아이도 참 대단해. 나 같으면 무서워서 같이 못 살 것 같은데.'

'세상에 악연도 그런 악연이 없지 뭐.'

아들과 여자는 세상에서 영원히 사라졌다. 이제 남은 건 어린아이뿐이었다. 아들을 잃은 어머니는 자신의 손으로 그 아이를 거뒀다. 섬이 들썩이는 건, 태풍과 풍랑주의보 때문만이 아니었다. 사람들의 떠들썩했던 뒷말들은 파도처럼 끊임없이 밀려갔다 밀려왔다. 시간이 지날수록 산산이 부서져 섬 주변을 맴돌았다. 결코 사라지지 않았다.

할머니는 묵묵히 주방에서 회를 뜨고 탕을 끓였다. 우려와 달리 관광객들은 꾸준히 솔도를 찾았다. 그중 더러는 할머니의 과거를 묻는 사람도 있었다.

'혹시 몇 년 전 그 사건……. 왜 있잖아요, 아들을 제 손으

로…….'

'제 손으로 뭐요?'

아줌마는 알을 지키는 갈매기처럼 매섭게 반응했다.

바다에 떠 있는 섬이라고 시간의 흐름이 비껴갈 리 없었다. 몇 년 사이 솔도 뒷산에 산책로가 생겼다. 오래전부터 산 정상에 있는 사람 키만 한 바위를 다들 정상 바위라고 불렀다. 바위 표면에 무슨 글씨가 적혀 있었지만, 비바람으로 마모되어 읽을 수 없었다. 그 주변으로 해변 둘레길이 조성되었다. 여름에는 여객선이 부지런히 섬과 뭍을 오갔다. 파도가 모난 돌을 동그랗게 깎아 놓을 동안 수군거림도 서서히 사그라졌다. 이수와 할머니, 누구도 그날 일을 입에 올리지 않았다. 가을이 되면 할머니는 소주 한 병과 북어포를 들고 해변에 나가 오랫동안 앉아 있었다. 그날이 무슨 날인지 이수도 모르지 않았다. 밤늦게 돌아온 할머니에게는, 바람과 바다의 짭조름한 소금 그리고 알코올 냄새가 고여 있었다. 이수는 붉게 충혈된 할머니의 두 눈을 모른 척했다. 악연이란 말이 파도가 되어 끊임없이 귓가를 때렸다. 할머니는 단 한 번도 죽은 아들의 제사를 지낸 적 없었다.

문을 열자 맑은 풍경 소리가 들려왔다.

"죄송해요. 오늘 영업 끝……."

테이블을 닦던 아줌마의 손길이 허공에서 멈췄다.

"네가 이 시간에 여긴 웬일이야? 할머니 뭐 두고 간 거 있어?"

이수가 아니라는 듯 도리질 쳤다. 아줌마가 들어오라며 손짓했다. 낡은 슬리퍼가 까딱까딱 소리를 내며 가게 안으로 들어섰다.

"급한 일은 아닌 것 같고. 왜? 할 말이 있어서 왔냐? 거기 앉아."

아줌마가 주방으로 들어가 소주와 마른안주를 내왔다.

"한잔할래?"

이수가 놀라 손사래 쳤다.

"술 못해요."

이수가 술병을 기울여 아줌마의 잔을 채웠다.

"다른 놈이 그러면 코웃음 쳤을 거다."

아줌마가 소리 내어 웃고는 잔을 비웠다.

"너는 술이라면 지긋지긋하지?"

이수가 다시 빈 잔에 술을 따랐다. 쪼르륵 맑은 소리가 텅 빈 가게를 울렸다.

"왜, 무슨 일이야?"

"그냥요."

무엇을 어떻게 물어야 할지 머릿속이 정리 안 된 사물함처럼 엉망으로 뒤엉켜 버렸다. 할머니의 말이 실언이었는지, 진심이었는지도 알 수 없었다.

'너 그날 뭐 했냐? 네 엄마 죽던 날, 내 아들도 죽었지.'

할머니는 무엇을 묻고 싶었던 걸까? 이수의 행방? 그날 이수가 왜 집에 없었는지 책망하는 걸까?

'나는 알아. 다 알아.'

대체 무엇을 알고 있다는 걸까. 수많은 물음표가 한여름 날벌레처럼 끊임없이 주위를 맴돌았다. 아무리 손을 저어도 사라지지 않았다.

"사고 싶은 거라도 있냐? 할머니한테 말하기 좀 그래?"

"그게……."

"여자 친구 사귀었어?"

그 정도 문제로 고민할 수 있다면 행복할 것 같았다. 가지고 싶은 것, 짝사랑하는 누군가, 하고 싶은 무엇이라도. 이수의 입가에 씁쓸한 미소가 번졌다.

"허, 이 녀석 웃는 것 봐라. 그래, 너도 청춘이다, 이거냐? 하긴 우리 아들도 요즘 연애하는지 전화해도 도통……."

"할머니 왜 저랑 살아요?"

이수가 한마디 툭 내뱉었다. 생각이 머리를 거치지 않고 입으로 튀어나와 버렸다. 아줌마를 가로막으려던 의도는 없었다. 이런 말을 하려던 것도 아니었다.

"그러니까 저는 할머니랑……."

아줌마가 술잔을 단숨에 털어 넣었다. 가을이 되면 할머니 몸에도 가끔 싸한 알코올 냄새가 묻어 있었다.

"이 녀석이 애써 마신 술 한 번에 깨게 하네."

피로에 지친 두 눈이 가만히 이수의 얼굴을 더듬었다.

"그건 갑자기 왜?"

5년 전 솔도로 들어올 때, 뱃길에 가장 처음으로 버린 질문이었다. 사람들의 말처럼 이수는 진짜 손자도 아니었다. 만약 남자가 엄마를 만나지 않았다면, 이런 불행은 일어나지 않았을 것이다. 어쩌면 할머니에게 이수는 원수와도 같은 존재가 아닐까. 그런데 대체 왜…….

아줌마가 나직이 한숨을 내쉬었다.

"뭘 새삼스레 물어. 그냥 너도, 네 할머니도 인생이 기구해서 그렇지."

"하지만 저는…… 엄마랑 제가 우솔로 내려오지만 않았으면…… 할머니도 그런 일을……."

"이수야."

이수의 눈동자가 아줌마의 지친 두 눈과 마주했다.

"너 이 섬 이름이 솔도라고 알고 있지?"

"……."

"원래는 솔도가 아니었다."

폭풍이 오면 섬 전체가 휘청거렸다. 거대한 손이 공깃돌처럼 섬을 두 손에 가두고 흔드는 것 같았다. 처음에는 무서웠다. 그런데 험한 날일수록 가슴 밑바닥부터 시원함이 뻗쳐 올라왔다. 만물의 영장이라는 인간이 자연 앞에서는 그저 먼지 한 톨

만큼 나약한 존재라니. 그 사실을 확인받아 통쾌한 기분마저 들었다. 그리고 알게 되었다. 섬이 가라앉으면 좋겠다는 할머니 말의 진짜 의미가 무엇이었는지를.

인간이 만들어 낸 관계와 규칙, 주어진 삶과 운명 따위가 거추장스러웠을 것이다. 이수도 다르지 않았다. 가끔은 사람들의 수군거림이, 기윤의 이죽거림이 버겁게 느껴졌다. 할머니와 이수가 어떤 관계인지, 어떤 사건으로 어떻게 남아 버렸는지, 이 모든 것들이 섬과 함께 흔적 없이 가라앉기를 바랐다. 깊은 해저로 끝도 없이 추락하길 원했다.

"원래 이름은 수인도였다."

"수인도?"

아줌마가 고개를 주억거렸다.

"지금도 그렇지만 옛날에는 이곳이 얼마나 외지였겠냐? 여기로 귀양도 많이 보내고, 특히 중죄인들을 가두었다고 하더라. 정상 바위에 수인도라고 써 있었는데 비바람에 씻겨 나간 거야."

임금이 다스리던 시절에 섬은 그 자체로 감옥이었다. 수인도. 이름 그대로 죄수들을 가두는 섬이었다. 그랬던 섬이 '솔도'로 불리게 된 건 최근 일이었다. 죄수가 아닌, 어부들이 하나둘 터를 잡자 더는 '수인도'라고 부를 수 없게 되었다. 결국 섬 이름이 바뀌었다. 우솔에 속해 있다 하여 솔도라 했다. 어르신들이 간혹 여전히 수인도라 부를 따름이었다.

"이수야, 마음이 감옥인 사람이 있어. 수인도에 평생 갇혀 있는 사람이 바로 너희 할머니야. 그 섬이 워낙 외지고 험해서 아무도 가지 못한다."

아줌마가 잔뜩 가라앉은 목소리로 말했다.

"나는 할머니 아들이나 너희 엄마나 솔직히 불쌍치 않다. 남겨진 사람들이 가엾고 짠하지."

소금 바람이 가게 유리문을 흔들다 지나갔다.

"그 사달이 난 후에 너희 할머니가 나한테 그러더라."

"……."

"이수 너는 자신이 거둬야 한다고. 꼭 그래야 한다고."

취기 어린 시선이 유리문 밖으로 향했다. 그렇게 한참을 어둠에 잠긴 바다만 바라보았다.

"너는 모르겠지만, 네 할머니 말이다. 전부터 이수, 네 걱정 참 많이 했다. 어린것이 무슨 죄가 있냐고. 이 말을 입에 달고 살았지. 그냥 아픈 인연이라 생각해라."

악연이나 아픈 인연을 이해하기엔 열두 살은 너무 어렸다. 열일곱인 지금도 정확히 알 수 없었다.

"어쨌든 그런 끔찍한 일이 있었는데, 너희 할머니 가슴이 남아났겠냐? 아마 평생 마음 감옥에서 나오지 못할 것이다."

아줌마의 한숨 속에서 지친 삶의 냄새가 묻어 나왔다.

"진짜 섬에 갇혔으면 나무 베어다 배나 만들지. 헤엄쳐서 도망갈 시늉이라도 하지. 마음에 갇힌 사람은 벗어날 방법이 없다. 네 할머니 속에 수인도가 있어. 알아, 이 녀석아?"

붉게 충혈된 눈으로 아줌마가 말했다. 할머니 그 자신이 하나의 섬이라는 건, 이수도 알고 있었다. 지금까지 아무도 그 섬에 접근하지 않았다. 이제 누군가 그곳에 들어가 보려 했다.

"무슨 일이라도 있냐? 네가 이 시간에……."

아줌마가 말끝을 흐리며 슬쩍 곁눈질했다. 이수의 시선이 초록색 병에 닿았다. 저 속에 대체 무엇이 있기에 엄마는 매일같이 저 안으로 숨어들었을까? 그리고 남자는…….

이수가 테이블 밑에서 우둑, 우두둑 손가락을 꺾었다.

"그냥요. 잠이 안 와서 나왔다가 여기까지 와 버렸어요."

"네가 아무 이유 없이 여기까지 오겠냐? 저녁은 제발 가게에서 먹고 가라고 아무리 잔소리해도 고집부리는 녀석이?"

아줌마가 찬찬히 이수의 낯빛을 살폈다.

"왜, 할머니가 뭐라 했어? 혹시 서운한 말이라도 들었으면 그냥 한 귀로 흘려. 오늘 늦손님이 많았다. 점심도 간신히 한술 떴어. 힘들어서 그러실 거야. 여든이 3년도 남지 않은 양반이다. 몸이 무쇠로 만들어진…… 아니 무쇠로 만들어졌어도 네 할머니처럼 평생 일하면 벌써 쇳가루로 남았을 거다. 할머니 때문에 속상한 거 있으면 풀어."

이수가 말없이 애꿎은 손만 만지작거렸다. 지금까지 서운하거나 속상한 적은 없었다. 그 감정이 무엇인지 오래전에 잊어버렸다. 사람들은 곧잘 이수를 배제했다. 눈에 띄지 않게, 때로는 노골적으로. 이수는 싱크대 선반 속 오래된 접시였다. 한 달에 한 번만 물을 줘도 살아가는 선인장이었다. 그래, 맞아, 얘도 있었지. 사람들은 때때로 이수의 등장에 당황했고, 싫은 내색을 숨기지 않았다. 결국 깨닫게 되었다. 슬퍼하거나 서운해하기보다, 이 모든 일에 무감각해지는 편이 훨씬 낫다는 사실을. 그건 이수가 터득한 기본적인 생존 법칙이었다. 처음부터 아무것도 갖지 않은 사람은, 상실감도 느낄 수 없었다. 이수는 할머니와 함께한 지난 시간을 떠올려 보았다. 과연 이 섬에서 얼마나 지내게 될까 궁금했는데 그렇게 보낸 하루하루가 쌓여 어느덧 5년이란 시간이 흘렀다.

세상은 시끄럽고, 사람들은 수군거렸다. 그러나 정작 두 사람의 생활은 아침 바다와 같았다. 조용했고 잔잔했으며 편안했다. 서로에게 바라는 것도, 원하는 것도, 작은 기대조차 없었다. 그러니 상대에게 서운해하거나, 노여워할 일도 없을 터였다. 적어도 이수는 그랬다.

하지만 언제까지 아침일 수는 없었다. 바다에 서서히 먹구름이 번졌다. 잔잔했던 파도가 조금씩 뒤척이고 있었다.

'나는 알아. 다 알아.'

태풍이 섬을 흔들면 먼바다를 떠돌던 것들이 해변까지 밀려들었다. 오래전, 우솔 바닷가가 발칵 뒤집힌 적이 있었다. 사체가 떠올랐다는데 다행히 마네킹이었다. 멀리서 보면 영락없는 사람이었을 것이다. 가까이 가기 전까지는 아무도 몰랐다. 그것의 진짜 정체가 무엇인지.

할머니 마음속에 무엇이 있는지 알려면 가까이 다가서야 했다. 마네킹 사건처럼 해프닝으로 끝날지도 모르지만, 만약 아니라면……. 이수가 두 손으로 얼굴을 쓸어내렸다.

"이 녀석이 자꾸 왜 이래? 보는 사람까지 마음 심란하게."

"할머니 혹시 별말 없으셨어요?"

"무슨 말. 왜, 할머니가 너한테 서운한 거라도 말했을까 봐? 네 입이 조개라면, 네 할머니 입은 은행 금고다. 조개는 가끔 빼끔거리기라도 하지, 금고는 당최 열릴 생각을 안 해요. 원래 말수가 적은 양반인데, 솔도 들어와서는 필요한 말 이외에는 종일 입 닫고 살아."

집에서도 마찬가지였다. 그런 할머니가 한꺼번에 너무 많은 이야기를 쏟아 냈다. 그날 이후 한 번도 입에 올린 적 없던 엄마와 남자까지…….

"그런데 이 녀석이 어른한테 장난치는 것도 아니고. 너 지금 나랑 스무고개 하고 앉아 있냐?"

스무고개를 하는 사람은 할머니였다. 이수는 마음속으로 그 첫 번째 질문을 시작했다.

—할머니는 뭔가 알고 있는 거지?

—응, 나는 알아. 다 알아.

—다른 사람도 알고 있는 거야?

—어쩌면.

—'어쩌면'이 어디 있어? '응, 아니오'로 대답해야지.

—응, 알아. 분명 알 거야.

—혹시 할머니 아들이랑 우리 엄마가 죽은 날. 그 사건 말하는 거야?

—응, 맞아.

혼자만의 질문은 거기에서 끝났다. 갑자기 머릿속이 뜨거워지며 아무것도 떠오르지 않았다. 또다시 공황 증상이 나타날 것 같았다.

"뭘 그렇게 혼자 골똘히 생각해?"

"아니요, 죄송해요. 그만 가 보겠습니다."

솟구치듯 벌떡 몸을 일으켰다. 놀란 아줌마가 두 눈을 크게 떴다.

"이 녀석 오늘따라 왜 이렇게 정신이 없어."

"안녕히 계세요."

대체 이곳에 왜 왔는지, 아줌마에게 왜 솔직하게 털어놓지 못하는지, 꽉 막힌 가슴이 답답해 견딜 수 없었다. 이수가 꾸뻑 고개를 숙인 후 쫓기듯 몸을 돌려세웠다.

"혹시 다른 사람들이 이상한 말이라도 하냐. 그냥 한 귀로 듣고 한 귀로 흘려라."

지금까지 그렇게 살아왔다. 몸이 신호등의 초록 불처럼 세상의 소리들을 지나가게 그냥 내버려 두었다. 그런데 더는 그럴 수 없게 되었다. 할머니는 '다른 사람'이 아니니까. 그럼, 과연 누구일까?

문을 열자 검은 바다가 펼쳐져 있었다. 별이 파도를 타고 넘실거렸다. 은빛 가루가 수평선 너머까지 곧게 뻗어 있었다. 저 길을 따라가면 어디에 도착할까? 이수가 멍하니 서서 잠든 바다를 굽어보았다.

6.

# 쪽지

"혹시 애들이 너한테 이상한 말 하냐?"

이수가 고개 들어 담임을 보았다.

"무슨?"

"너 솔도에 산다고 놀리기라도 하냐고?"

담임의 얼굴에 피곤이 배어 있었다.

"갑자기 왜……."

이수의 목소리가 힘없이 풀어졌다. 담임이 등받이에 깊숙이 몸을 묻었다.

'오늘 종례 없어. 맡은 구역 청소하고 가래. 그리고 이수 너, 담임이 오라는데.'

반장이 쓰레기통에 종이를 던지듯 툭 내뱉었다. 사물함을 정리하던 이수가 몸을 일으켰다. 담임이 부를 이유가 없었다. '왜?' 눈으로 물었지만, 반장은 언제나처럼 말없이 돌아섰다.

학기 초 담임은 이수에게 이것저것 질문을 쏟아 냈다. 섬에서 할머니와 단둘이 사는 아이, 오래전 우솔을 시끄럽게 했던 사건의 주인공, 적잖이 신경 쓰였을 것이다. 섬이 살기에 어떤지, 통학은 어렵지 않은지, 할머니는 건강하신지.

'괜찮지?'

담임이 물은 마지막 질문은, 어쩌면 이수에게 건네는 유일한 부탁이었다. 그 뒤로 이수가 교무실에 불려 간 적은 단 한 번도 없었다. 담임의 질문처럼 이수는 늘 괜찮아야 했다.

"반에서 뭐 문제 되는 거 없냐고?"

담임이 짜증 섞인 목소리로 물었다.

"없는데요."

이것이 가장 올바른 대답임을 이수는 알고 있었다. 다만 갑자기 왜 이런 질문을 하는지가 궁금했다.

"됐어. 그만 가 봐."

물론 담임에게 호출한 이유까지 말해 줄 의무는 없었다. 이수가 고개를 숙인 후, 뒤돌아섰다.

"인마 교복 깨끗이 입어. 뒤에 뭘 묻히고 다니냐."

담임이 쏘아붙이고는 작게 중얼거렸다.

"하여간 자기나 얌전히 학교 다니면 그만이지, 뭔 되지도 않는 오지랖이야. 일 플러스 일은 이가 아니라 백이다, 백."

이수가 밖으로 나와 재킷을 벗었다. 교복에 흐릿한 신발 자국이 남아 있었다. 담임 눈에는 뭐가 묻은 것으로 보였을 테지.

아니면 그렇게 믿고 싶었는지도. 두 명의 소란은 백 개의 문제가 되어 백 개의 짜증과 귀찮음을 낳겠지.

무슨 일인지 기윤이 학교에 일찍 온 날이었다.

'있쑤, 따라와.'

그렇게 불려 간 건물 뒤에서 기윤은 다짜고짜 주먹부터 날렸다.

'건방진 게 어디서. 내가 우스워? 내가 우습냐고.'

기윤에게 폭력의 이유를 묻는 건, 두더지에게 땅을 파는 이유를 묻는 것과 같았다. 아무 의미도, 특별한 이유도 없었다. 그냥 땅이 있고 그렇게 태어났기 때문이었다. 기윤도 마찬가지였다. 심심해서, 재미를 위해서, 시험 성적이 엉망이라서, 새로 나온 과자가 맛이 없어서, 아니면 너무 맛이 있어서, 수학 시간에 앞으로 불려 나가서, 선생님이 사신을 무시해서, 그 밖에도 기윤이 폭력을 쓰는 이유는 항구 터줏대감인 갈매기보다 많았다. 그중 가장 큰 이유는, 이수가 이수이고 바로 자신의 눈앞에 있기 때문이었다.

'꼴에 친한 척 좀 해 줬더니 건방지게.'

이수는 기윤의 화풀이 샌드백이었다. 샌드백을 치는 원인은 어른들의 잔소리인 경우가 많았다. 그런데 이번엔 전혀 다른 인물 같았다. 그 사람이 누구인지 대략은 짐작이 갔다.

'재수 없게 진짜.'

기윤이 바닥에 침을 뱉었다. 맞은 사람은 이수인데, 때린 기윤의 호흡이 더 거칠었다.

'하지 마.'

이수가 툭툭 바지를 털어 내며 말했다.

'뭐?'

'너 걔한테 화난 거잖아.'

'…….'

'어제 나한테 보낸 그 사진…….'

말이 채 끝나기도 전에 주먹이 복부를 파고들었다. 이수가 털썩 두 무릎을 꿇었다. 제대로 맞은 모양이었다. 숨이 잘 쉬어지지 않았다. 환영처럼 엄마의 멍든 얼굴이 스쳐 지났다.

'형님 오늘 기분 안 좋아. 얌전히 찌그러져 있어.'

기윤이 뒤돌아 교실로 걸어갔다. 이수가 천천히 벽을 짚고 일어섰다. 마지막 한 방이 제법 매웠다. 정확히 자존심을 건드렸단 뜻이었다.

화장실에 들어가자, 세면대에서 손을 닦던 세아가 흘낏 곁눈질했다.

"참 열심히들 산다. 아침부터 애 얼굴에……."

쯧쯧 혀 차는 소리와 함께 껑충한 몸이 문밖으로 사라졌다. 거울 앞에 선 이수의 입가에 검붉은 피가 굳어 있었다. 기윤은 웬만해선 얼굴을 건드리지 않았다. 자칫 골치 아픈 일이 벌어질 테니까. 주도면밀한 녀석이 실수를 다 하고, 어지간히 화가

난 모양이었다. 이수가 세면대에 물을 틀어 세수했다.

담임이 전학생을 부른 건 조회 시간이었다.

'너는 잠깐 나 따라오고.'

담임이 교실을 빠져나가자, 세아가 자리에서 일어났다. 그것이 전부였다. 여느 때처럼 지루한 하루가 시작되었다. 적어도 담임의 호출이 있기 전까지는 그저 그런 하루라 생각했다.

갑자기 아이들과의 관계를 묻다니 이상한 일이었다. 그런데 그 이유를 알기까지 채 10분도 걸리지 않았다.

"남의 일 관심 없다며?"

이수가 탁탁 교복에 묻은 신발 자국을 털어 냈다. 걸을 때마다 온몸이 욱신거려 헛웃음이 나왔다. 육체의 통증은 정직하고 명확했다. 어디가 어떻게 왜 아픈지 정확히 알려 주니까. 하지만 세상에는 명확하지 않은 게 너무 많았다. 그것이 가슴을 꽉 움켜쥐고는 도무지 놔줄 생각을 안 했다. 통증과는 다른 무언가가 오랫동안 주위를 맴돌고 있었다. 뱃멀미보다 지독한 매스꺼움이 목 끝까지 치받치고 올라왔다.

다시 돌아온 교실은 텅 비어 있었다. 책상 위에 덩그러니 가방 하나만 놓여 있을 뿐이었다. 노트를 넣으려다 가방 속 하얀 봉투를 발견했다. 오늘 아침 이수가 씻는 사이에 넣어 둔 것일 터였다. 할머니가 용돈을 주는 방법이었다. 얼마인지는 중요치 않았다. 새하얀 봉투가 이수를 안심시켰다. 할머니는 간밤 일을 기억하지 못했다. 새벽이 되자 여느 때처럼 아침을 준비했다. 동그란 밥상을 앞에 두고 두 사람이 밥을 먹었다. 어제 피곤했었냐는 질문에 할머니는 그저 이수를 바라볼 뿐이었다.

'손님이 제법 왔어.'

그것이 전부였다. 이수는 금방이라도 튀어나오려는 질문을 밥과 함께 삼켰다. 제사를 지낼 거냐 묻는다면 대답해 줄까. 과연 무엇이 두려워 묻지 못할까. 할머니가 어제 일을 기억할까 봐, 아니면 전혀 기억해 내지 못할까 봐. 양쪽 모두 두렵기는 마찬가지였다. 결국 이수는 말없이 집을 빠져나왔다. 그렇게 반쯤 멍한 듯 하루를 보냈다. 뒷문으로 걸어가던 이수가 한 곳에 멈춰 섰다. 그러고는 사물함으로 가까이 다가섰다.

기말고사가 얼마 남지 않았다. 휴대폰 시계는 어느덧 자정을 가리켰다. 이수가 마지막 수학 문제를 풀고 답을 맞췄다. 성적에 욕심이 있는 건 아니었다. 가고 싶은 대학이나 이루고 싶은 꿈도 없었다. 다만 해야 할 일에 집중할 뿐이었다. 언제까지 할머니와 살아갈지 알 수 없지만 할머니 덕분에 생활이 가능한 것은 사실이었다. 사람들은 섬에 살기가 불편하리라 지레짐작했다. 그러나 이수는 힘들지 않았다. 적어도 이곳에서는 괜한 화풀이 대상이 될 필요가 없었다. 저녁에 편안히 잠들 수 있는 것만으로 만족했다. 이수에게는 솔도가 가장 완벽한 안식처였다.

아이들은 대학을 얘기하고, 몇몇은 취업을 생각했다. 어떤 미래를 계획하든 목표는 오직 하나였다. 이 지긋지긋한 바닷가 마을을 떠나는 것.

이수에게도 우솔은 떠나고 싶은 곳이었다. 너무 많은 사람이 그와 할머니를 알고 있었다. 너무 많은 사람이 수군거렸고, 너무 많은 사람이 기억하고 있었다. 소금 바람에 기억도 오랫동안 염장되었다. 할 수만 있다면 아주 먼 곳으로 가고 싶었다. 아무도 자신을 모르는 세상으로……. 그날이 언제가 될지 알 수 없었다. 어쩌면 영원히 오지 않을는지도 몰랐다.

창밖으로 사락사락 밤이 내려앉았다. 이수가 노곤한 얼굴로 책상에 엎드렸다. 바람이 뒷산 대나무를 흔들고, 파도가 섬의 귀퉁이를 쓸어내렸다. 가만가만 바다의 규칙적인 호흡 소리가 들려왔다.

"너 왜 여기서 자냐?"

누군가 몸을 흔들었다. 이수가 깜짝 놀라 자리에서 일어났다. 눈앞에 할머니와 낡은 서랍장이 보였다. 할머니 방이었다.

"왜 여기서 자?"

"할머니, 어젯밤에……."

언제부터였을까? 밤만 되면 산짐승처럼 귀가 예민해졌다. 잠결에 들은 건 삐거덕 문소리였다. 분명 할머니 방에서 들려왔다. 책상에 엎드려 잠들었던 이수가 벌떡 몸을 일으켰다. 밖으로 나왔을 땐, 댓돌 위로 내려선 뒷모습이 보였다.

"할머니 어디 가?"

물어도 소용없었다. 할머니는 이미 마당을 지나 대문으로 걸어갔다. 이수가 뛰어가 마른 가지 같은 팔을 낚아챘다.

"어디 가느냐고, 이 시간에?"

할머니가 천천히 돌아섰다. 달도 별도 사라진 밤이었다. 바람조차 멈춰서 다독다독 바다를 잠재웠다. 파도와 바람이 사라진 섬은, 차가운 침묵 속에 잠겨 있었다. 정지된 세상에서 돌벽을 긁는 듯한 소리가 들려왔다.

"내 아들 보러."

꽉 움켜쥔 손에 힘이 풀렸다. 부들부들 몸이 떨리는 이유는 싸늘한 밤공기 때문만은 아니었다. 할머니와 이수의 섬이 서서히 가라앉고 있었다. 이제 막 물 위로 올라온 잠수부처럼 이수가 큰 숨을 들이켰다.

"할머니 아들……."

다음 말은 차마 이을 수 없었다. 금방이라도 부러질 것 같은 팔을 꽉 붙잡았다. 할머니를 붙잡기 위해서가 아니라 이수가 비틀거리지 않기 위해서였다.

"왜 막아서는 거야."

할머니의 두 눈이 깊이를 알 수 없는 동굴처럼 보였다.

"너는 항상 그랬어."

"……."

"아들에게 못 가게 해."

애써 참으려 해도 할머니를 잡은 손이 떨려 왔다. 무슨 말이냐 묻고 싶은데, 물에 빠진 듯 목소리가 나오지 않았다.

할머니가 거칠게 손을 뿌리치고는 집 안으로 들어갔다. 그 힘이 얼마나 강한지 큰 키가 휘청거릴 정도였다. 이수는 한참을 그 자리에 혼자 서 있었다. 구름 뒤편 달이 고개를 내밀고 슬그머니 안마당을 굽어보았다. 싸늘한 가을바람에 팔뚝에 오스스 소름이 돋았다. 그러나 모든 것이 꿈인 듯 몽롱했다.

할머니 방문을 열자 켜켜이 쌓인 어둠 속에서 작은 몸이 웅크린 채 잠들어 있었다. 이수가 벽에 기대어 앉아 두 무릎을 끌어안았다. 시간은 자정을 넘어 새벽으로 향해 가고 있었다. 할머니가 언제 또 밖으로 나갈지 알 수 없었다. 밤새워 지키려 했는데, 그사이 까무룩 잠이 든 모양이었다.

"네 방 춥디? 겨울 오기 전에 보일러 손봐야겠다."

할머니가 흐트러진 머리를 매만지며 방을 나섰다. 이수가 솟구치듯 일어나 뒤를 쫓았다.

"어제 어디 가려던 거야?"

욕실로 향하던 걸음이 멈춰 서고, 강파른 몸이 느리게 돌아섰다.

"어디를 가다니?"

"어젯밤에 갑자기 나갔잖아."

할머니가 두 눈을 끔뻑거렸다.

"할머니 어제……."

"꿈꿨냐? 빨리 학교 갈 준비해."

이수가 두 손으로 얼굴을 쓸어내렸다. 꿈이라면 좋겠는데, 할머니를 붙잡았던 손의 감각이 여전히 또렷했다. 간밤에 무슨 일이 있었느냐 물어본다면, 뭐라 대답해야 할까. 할머니가 아들에게 가려 했다고 솔직하게 털어놓아야 할까? 내가 언제 못 가게 막았느냐며 따져 물어야 할까?

"할머니, 우리 병원에……."

꿀꺽 삼킨 마른침이 울대에 맺혔다. 목 안에 얼음덩어리가 걸린 듯 답답했다.

"왜, 어디 아파?"

내가 아니라 할머니가 아픈 것 같아. 벌써 며칠째 기억을 못 하잖아. 알아들을 수 없는 말만 하잖아.

"어디가 안 좋은데. 큰 병원 가야 하냐?"

할머니와 이수는 선착장 근처 내과에 다녔다. 단순한 감기약이나, 할머니 혈압 약을 타는 정도였다.

"아니, 내가 아니라."

병원에 가자고 하면 분명 싫다 하겠지. 아무것도 기억하지 못하고 자꾸 뜻 모를 말들만 하니까. 그 순간, 등허리를 타고 섬뜩한 기운이 지나갔다.

"정말 어디 아픈가 보네. 낯빛이 파리해서는."

"아니야. 나 씻을게."

"아프면 말해라. 병 참는 것만큼 미련한 것도 없다."

이수가 욕실 문을 닫고 거친 호흡을 내뱉었다. 물에 빠진 듯 또다시 숨이 막혀 왔다. 알 수 없는 공포가 온몸을 짓눌렀다. 할머니 말처럼 아픈 사람은, 어쩌면 이수인지도 몰랐다. 모든 것이 공황에 의한 환시와 환청이었는지도……. 이수가 무너지듯 바닥에 주저앉아 떨리는 두 손을 움켜잡았다.

"있쑤, 형님이 편의점 들렀다 오라고 했냐, 안 했냐? 메시지 확인했을 거 아니야?"

기윤이 교실로 들어서기 무섭게 뒤통수를 내리쳤다.

"이미 학교 도착한 후였어."

이수가 대답했다. 기윤의 입에서 탄식이 튀어나왔다.

"있쑤, 너 아침으로 갈매기 잡아먹었냐? 어디서 끼룩끼룩 말대답이야? 섬마을 소년이 제일 먼저 오는 거 누가 몰라? 형님이 명령했으면 다시 나가서 사 왔어야지."

이제는 그런 자잘한 일에 신경 쓸 여유가 없었다. 머릿속은 정리 안 된 생각이 뒤엉켜 엉망이었다. 어떻게 집에서 나와 배를 타고 학교까지 왔는지도 기억나지 않았다. 정말 갈매기 백 마리가 머릿속에서 우는 것 같았다.

"오늘 네 따까리님이 심기가 불편하신 모양이다."

누군가 툭 기윤의 어깨를 때리며 지나갔다. 그 한마디에 녀석이 사납게 표정을 굳혔다.

"있쑤, 너 지금 당장 튀어 나가서 사와."

녀석이 원하는 건 결코 과자가 아니었다. 자신의 명령에 따라 움직이는 꼭두각시였다. 기윤은 아이들 앞에서 그 사실을 한번 더 확인시켜 주려 했다.

"곧 담임 들어와."

평소라면 이 정도 투정은 가볍게 받아 주었을 것이다. 기윤이 복종을 원한다면, 이수는 그 대가로 조용함을 선택했다. 그렇게 둘은 계약으로 맺어진 관계였다.

"너 지금 뭐라 했냐? 눈에 뵈는 게 없지?"

기윤의 말대로 지금 이수에게는 눈에 보이는 것도, 귀에 들리는 것도 없었다.

"빨리 안 튀어 나가?"

기윤이 다가와 멱살을 움켜잡았다.

"건들지 마."

이수가 거칠게 손을 치워 냈다. 손끝만 닿아도 폭발할 것 같았다. 그것이 기윤이든 뭐든. 꾹꾹 눌러 담은 뭔가가 명치끝에서 꿈틀거렸다. 기윤이 미간을 구기며 눈썹을 움찔거렸다. 평소와는 전혀 다른 반응에 당황한 모습이었다.

"나는 네가 조용한 분위기를 좋아하는 줄 알았지. 몰라서 미안하네."

그 순간 문이 열리며 담임이 들어섰다. 기윤은 잠자코 자리로 돌아갔다. 왜 저 녀석에게 휘둘렸을까? 이유는 명확했다. 오직 기윤만이 정확히 기억하고 있었다. 6년 전 이수가 왜 학교에 올 수 없었는지…….

'대체 뭐가 무서운 거지?'

자문했지만, 쉽게 답을 찾을 수 없었다. 소문과는 다른 무언가가 꿈틀거리는 것 같았다. 이수가 참지 못하고 우둑우둑 손마디를 꺾었다.

"그러니까 제발 문제 만들지 마라. 2학년들도 지금 적잖이 시끄럽다. 쉬는 시간마다 각 학년 주임 선생님들이 돌아다니실 거야. 괜히 친하다고, 장난이라고 애들 툭툭 때리는 녀석들 걸리면 바로 학폭위 연다. 알았어?"

담임이 낮지만 단호한 목소리로 말했다. 아이들이 서로의 눈치를 살피며 대답했다. 몇몇은 대놓고 이수를 바라보았다. 다른 몇몇은 아닌 척 기윤을 곁눈질했다. 그러나 정작 이수의 귀에는 여전히 아무 소리도 들리지 않았다.

'너는 아들에게 못 가게 해.'

이수가 핏기 사라진 얼굴로 마른세수를 했다.

담임의 경고 덕분인지 평소라면 귀찮게 굴었을 기윤이 조용했다.

—점심시간에 보자.

기윤의 메시지를 모른 척하고 이수가 건물을 빠져나왔다.

바닥에 탕탕 농구공 튀기는 소리가 운동장을 울렸다. 뭉게구름 사이로 가을 햇살이 부드러웠다. 뒷문을 벗어난 이수가 등산로 위로 걸음을 옮길 때마다 발밑에서 낙엽이 부서졌다.

할머니에게 무슨 일이 일어나고 있었다. 그런데 정확히 무엇인지 알 수 없었다. 어느 병원에 가야 하는지, 누구에게 도움을 요청해야 하는지, 할머니의 마음속에 무엇이 남아 있는지, 생각할수록 머릿속이 터져 버릴 것만 같았다.

"너인 줄 알았다. 그래도 설마설마했는데, 취미 한번 고약하네. 뭔 90년대도 아니고 사물함에 쪽지를 넣어 놓고. 차라리 직접 전화를 하지 그랬냐?"

갑자기 날아든 목소리에 걸음이 멈췄다. 고개를 들자 막대사탕을 물고 있는 얼굴이 보였다. 이수는 뒤늦게야 아차 싶은 생각이 들었다. 어제저녁 전학생 사물함에 쪽지를 넣어 놓고는 까맣게 잊고 말았다.

"내 번호 모르지? 외우기 쉬워. 54**에 9*7*. 할 말 있으면 그냥 전화하든 메시지를 보내라. 쪽지로 점심시간에 잠깐 나오라느니 어쩌니 해서 괜스레 사람 설레게 하지 말고. 아, 그래도 조금은 기대했는데, 오늘따라 사탕이 쓰다."

이수가 지친 표정으로 이마를 매만졌다.

"내가 이래 봬도 제법 열린 마음이긴 해. 그런데 너는 내 취향이 절대 아니……."

"담임한테 이상한 소리 하지 말라고."

"……."

"그 말 하려고 불렀어."

"담임이 너 불러서 뭐라고 했는데?"

"그게 중요한 게……."

"이 학교도 별거 없네?"

세아가 한쪽 볼에 사탕을 물고는 나직이 욕설을 내뱉었다.

"하긴 나한테도 조용히 지내라더라. 누가 설치고 다녔다고? 그래도 너는 나 같은 구제 불능은 아닌 것 같아 한마디 했지."

세아가 물고 있던 막대 사탕을 빼 검지와 중지 사이에 꼈다.

"섬마을 소년, 아이들에게 인기 많은가 봐요. 그 말을 알아들었다는 건, 담임도 이미 애들이 너한테 어떻게 하는지 다 눈치챘다는 거 아니야?"

물론 담임도 알고 있었다. 이수가 솔도에 산다는 것을. 교실에서조차 홀로 떠 있는 섬이라는 사실을 말이다.

"아무튼 내 얘기는 안 했으면 좋겠어."

점심시간 동안 기윤을 피하고 싶었을 뿐이다. 그런데 자신도 모르는 사이에 여기로 와 버렸다. 새삼 무의식이 무섭다는 생각이 들었다.

"그 자식한테 무슨 약점이 잡혔는데?"

몸을 돌리던 이수가 그 자리에 멈췄다.

"돈이라도 훔쳤어? 시험 부정행위라도 했어?"

"남 일에 손톱만큼도 관심 없다며."

"너 때문이 아니야. 나는 사람 약점 잡아서 괴롭히는 인간들을 참을 수 없어서 그래. 뭐가 문제야."

세아의 두 눈에 퍼런빛이 지나갔다.

"그 새끼가 혹시 이상한 거라도 가지고 있어?"

"이상한 거라니?"

이수가 두 눈을 끔뻑였다. 세아가 앞머리를 쓸어 넘기더니 답답한 듯 소리쳤다.

"그러니까……."

"내 일에 신경 쓰지 말라고."

이번에 소리친 사람은 이수였다. 사탕을 담배 피우듯 물고 다닐 때부터 독특하다 생각했다. 하지만 이렇듯 오지랖이 넓을 줄은 미처 몰랐다. 호의든, 관심이든, 모든 것이 귀찮고 짜증 나기만 했다. 담임의 말처럼 일 플러스 일은 때론 백 가지 문제를 일으켰다. 엄마와 남자처럼. 그리고…….

"너 힘으로 되잖아. 그 새끼 정도면 충분히 밟아 버릴 수 있잖아. 그런데 왜 끌려다녀. 왜 등신같이 처맞고 있어. 아니야? 내가 잘못 본 거야?"

"그런 거 아니니까 제발……."

"정 안 되면 도움이라도 청해. 혼자 그렇게 끙끙거리지 말고. 담임이 방관하면 내가……."

이수가 몸을 돌려 성큼성큼 내려갔다.

"차라리 그 새끼를 죽이든가?"

성마른 목소리가 등 뒤에 부딪혔다. 가슴이 미친 듯이 두근거렸다. 요즘 들어 숨이 막히는 공황 증상이 자주 찾아왔다. 기윤의 괴롭힘에도, 아이들의 비웃음에도 아무렇지 않았는데, 갑자기 왜 이렇듯 못 견디게 힘든지 알 수 없었다. 아니, 실은 무섭도록 명확히 알고 있었다. 할머니의 변화, 그 뒤로 그림자처럼 공황이 따라다녔다. 이수가 정신없이 건물을 향해 뛰기 시작했다. 뱃속에서 살아 있는 무언가가 꿈틀거리고 있었다.

7.

# 병원

이수의 휴대폰은 여간해서는 울리지 않았다. 대부분 기윤이었고, 이따금 반장에게서 연락이 왔다. 할머니가 직접 전화를 건 적은 손에 꼽을 정도였다. 가끔 심부름을 시켰는데, 그마저도 아줌마를 통해서였다. 모든 수업이 끝나고 가방에서 지잉지잉 소리가 울렸다. 화면에 '정우 아줌마'라는 글씨가 반짝거렸다.

"네."

농협 마트에 들렀다 오라는 심부름일 것이다. 그러나 아줌마의 입에서는 생각지도 못한 얘기가 흘러나왔다.

"이수야, 너 학교 끝났지. 그럼 지금 빨리 병원으로 가 봐라."

암갈색 동공이 크게 부풀어 올랐다. 전화를 끊기 무섭게 이수가 황급히 몸을 돌렸다.

"에헤이, 이대로 그냥 가면 섭섭하지? 오늘 이 형님이 우리 있쑤한테 할 얘기가 정말 많거든. 그래서 고이 보내 드릴 수가 없네요."

기윤이었다. 아침부터 점심시간 호출까지 무시했으니 적잖이 약이 올랐을 것이다. 담임의 경고만 없었어도 진즉에 시끄러웠을 하루였다.

"나중에, 나 지금……."

"이 새끼가 진짜 미쳤나? 오냐오냐해 줬더니 막 기어오르지? 응?"

기윤이 탁탁 이수의 얼굴을 때렸다. 반 아이들이 흘낏거리며 교실을 빠져나갔다. 한심하다는 표정, 진저리 치는 얼굴, 재미있는 구경 보듯 히죽거리는 비웃음까지. 주위 모든 것들이 한 덩어리가 되어 빠르게 회전하기 시작했다. 그 모습을 보자 뱃속에서 또다시 이상한 기운이 올라왔다.

"비키라고 했다?"

그 뜨거움은 온몸으로 퍼져 기윤을 조금씩 작게 만들었다. 너무 작아 꿈틀거리는 한 마리 벌레로 보였다. 이제 뭐가 어찌되든 상관없었다. 물어뜯든, 이상한 소리를 내든 벌레는 그저 벌레일 뿐이니까.

"사람이 좋은 말로 하면 들어 처먹어야……."

날아오는 기윤의 손을 이수가 낚아챘다.

"네 맘대로 해. 애들한테 다 떠벌리든, 학교에 대자보를 붙이든 네 맘대로 하라고."

할머니가 이상해지기 시작했다. 그것이 전부였다. 이수에게 더는 두려운 것이 없었다. 이 버러지가 어떻게 꿈틀거리든, 시끄럽게 날갯짓하든, 전혀 신경 쓰이지 않았다. 그냥 짓밟아 버리면 그만이니까. 그래, 할머니가 사람을, 자기 아들을 찔렀다. 그래서 뭐 어쩌라고? 죽어도 마땅한 인간을 죽인 것뿐인데 뭐 어쩌라고.

기윤의 손목을 잡은 이수의 팔이 부들부들 떨렸다. 그 떨림이 공포가 아닌 분노임은 기윤도 절대 모르지 않을 것이다.

"다 말해. 그다음에 너는…… 내 손에 죽을 거야."

기윤이 어깨를 들썩이며 딸꾹질을 했다. 주위에 몇몇이 반쯤 입을 벌린 채 바보처럼 서 있었다. 딱 한 명을 제외한다면…….

"오늘 사탕 맛 죽인다. 한 대 빨 만하네."

전학생이 입에 사탕을 물고는 유유히 교실을 빠져나갔다.

처음에는 기윤에게 화가 났었다. 어떻게 사람이 저토록 잔인할까 싶었다. 그러다 이내 포기해 버렸다. 되도록 마주치지 않고 엮이지 않기를 바랐다. 한번쯤 미친 척하며 그 잘난 얼굴을 짓이겨 놓을까도 생각했었다. 정말 그러면 속이 다 시원할 것 같았다. 그런데 막상 놀라 딸꾹질까지 하는 녀석을 보니, 오히려 기분이 좋지 않았다. 누군가 잔뜩 겁에 질린 표정을 보는 것만으로도 소름이 끼쳤다.

'할머니가 회칼에 손을 베었어. 회 뜨는 거라면 눈 감고도 하실 양반이 이게 웬일이라니. 마침 나가는 배가 있어서 얼른 붙잡았다. 내가 같이 간다고 해도 극구 혼자 간다고 그러셔서. 우선 너랑 다니시던 병원에 전화해 봤더니 신경 손상만 아니면 간단한 봉합은 가능하다고 하더라. 지금까지 아무 연락 없는 것 보니 큰 병원으로 옮기신 건 아닌 모양이다. 아니 갑자기 회칼 들고 멍하니 계시더니……. 학교 끝났으면 어서 병원에 가 봐. 그나저나 들어오는 배가 곧 끊길 텐데. 무슨 일 있으면 곧바로 전화해라.'

병원에 도착한 이수가 숨을 몰아쉬었다. 얼마나 뛰었는지 쌀쌀한 바닷바람에도 온몸이 땀으로 젖었다.

"실수……하셨을…… 수도 있지."

버튼을 누르자 유리문이 열렸다. 병원 특유의 소독약 냄새가 감돌았다. 이수가 접수대로 잰걸음을 옮겼다.

"박순자 님이요? 다행히 신경은 손상되지 않으셔서 봉합 수술 끝낸 뒤에 회복실에 계십니다. 안 그래도 조금 전에 최미선 님이 병원으로 전화 주셨어요. 박순자 님 영양제 부탁하셔서 지금 링거 맞고 계세요. 아마 주무실 거예요."

'박순자'와 '최미선'은 할머니와 정우 아줌마를 말했다. 그 사실을 알고 있음에도 이수는 두 이름이 어쩐지 낯설게 느껴졌다.

"할머님 보호자 되시죠?"

그 한마디가 박순자와 최미선보다 훨씬 더 생경하게 들려왔다. 법적으로 남자와 엄마는 부부였다. 두 사람은 떠나고, 남아 있는 두 사람인 아이와 노모가 함께 살았다. 세상은 그 둘을 향해 서로의 보호자라 칭했다. 원수라고도, 악연이라고도 했다. 지금 할머니의 법적 보호자는 이수뿐이었다.

"할머니는 주무시니까 원장님 좀 뵙고 가세요."

"네."

이수가 대답하고는 의자에 털썩 주저앉았다. 벽에 걸린 전자시계의 붉은 숫자가 깜빡였다. 아직 마지막 배가 남아 있었다. 할머니가 그전에 깨어나 함께 들어갈 수 있을까? 장담할 수 없었다.

"박순자 님 보호자분, 잠깐 원장님 뵙겠습니다."

이수가 튕기듯 몸을 일으켰다. 문을 열자 익숙한 얼굴이 웃고 있었다. 희끗희끗한 귀밑머리에 동그란 안경을 쓴 원장이었다. 이수나 할머니에게 주치의나 다름없었다. 가벼운 감기와 배탈에도 할머니는 어린 이수를 앞세워 이 문을 열었다. 이수가 우솔에 내려왔을 때부터 다니던 병원이었다. 이곳의 터줏대감인 원장도 6년 전 그 사건을 알고 있었다.

"와! 못 보는 사이에 정말 많이 컸네. 잘 지냈어?"

원장이 손끝으로 안경을 밀어 올렸다. 이수가 꾸벅 고개를 숙였다. 책상 위에는 작은 선인장 화분이 놓여 있었다. 그 옆으로 단란한 가족 사진이 보였다. 눈매가 똑같은 아들과 딸, 그리고 은발의 남편이 어깨동무하며 웃고 있었다. 이수가 눈길을 돌려 원장과 마주했다.

"상처는 아슬아슬하게 신경을 건드리지 않았어요. 잘 봉합했고 항생제도 놔 드렸습니다. 당분간 조금 불편하시겠지만, 며칠만 고생하시면 잘 아물 거야."

존대와 반말이 섞인 특유의 말투였다.

"요즘 할머니 어떠셔?"

안경 너머 두 눈에 웃음이 사라졌다.

"무슨?"

이수가 허벅지 위 두 손을 만지작거렸다.

"평소와 다른 거 못 느꼈어요?"

손마디를 꺾고 싶은데 이곳에서는 그럴 수 없었다. 원장이 책상 위에 두 팔꿈치를 올렸다.

"올해 일흔일곱이신 건 알고 있죠? 이제 곧 일흔여덟 되시네."

이수가 고개를 끄덕였다. 귓가에 긴 한숨 소리가 들려왔다.

"원래 피 보면 남녀노소를 불문하고 당황하지. 그런데 할머니는 전혀 당황하지 않으셨어. 처음에는 혈압 약을 타러 오셨나 했다니까. 원래 오시는 날이 아닌데 어쩐 일인가 했네."

원장은 천천히 말을 이었다. 할머니의 상처를 봉합하면서 몇 가지 소소한 질문을 건넸다. 마취했다지만 찢어진 생살을 꿰매는 건 결코 유쾌한 감각이 아니었다. 환자의 주의를 딴 곳으로 돌리려 그녀는 언제나처럼 살뜰히 할머니의 근황을 물었다.

"워낙 말이 없으신 분이라 오늘따라 묻지 않은 이야기까지 하셔서 좀 의외다 싶었어요. 가끔 그런 분들이 계시지. 다치고 피 흘리면 무서우니까 평소보다 활발하게 이야기하시는 분. 할머니도 그러신가 했는데……."

원장이 할머니가 이상하다 느낀 건, 안부를 묻기 시작하면서였다.

'아들 대학 졸업할 때 되지 않았어요?'

'아이고, 어르신, 그 녀석이 몇 살인데요. 2년 전에 결혼해서 내년이면 저도 손주 봅니다.'

'벌써 그렇게 됐나? 그럼 딸도 대학 갔겠네?'

'두 살 터울이잖아요. 제 오빠보다 훨씬 일찍 자리 잡았죠.'

'그런데 공사는 언제 해요? 이 위층도 병원이 되는 건가?'

처음 개업할 때는 건물 한 층만 사용했다. 몇 년 뒤 위층까지 사들여 입원실과 물리 치료실을 만들었다. 공사를 끝내고 병원이 새로 문을 연 시점은 6년 전이었다. 원장의 아들은 대학 졸업반이었고, 딸은 첫 출근을 준비할 시절이었다. 할머니는 6년 전 그해로 혼자 돌아가 있었다.

"몇 가지 간단한 지남력 테스트를 했어요."

"지남력?"

이수가 질문인지 혼잣말인지 모를 소리를 내뱉었다. 원장이 두 손으로 깍지를 꼈다. 지남력이란 지금 자신이 놓여 있는 상황을 올바르게 인식하는 능력이라 했다. 시간이나 장소, 처한 환경을 정확히 인지하는 것이다. 할머니는 여기가 어디인지, 왜 왔는지 명확히 대답하다가도 금세 시간과 날짜를 엉뚱하게 얘기했다.

'곧 더워지겠어요. 여름 되면 또 외지 사람들로 정신없겠네.'

할머니는 계절을 몰랐고,

'요즘은 새벽 첫 배에도 웬 사람이 그리 많은지 모르겠어요.'

자신이 몇 시 배를 타고 왔는지 몰랐으며,

'아들이 부산에 있대요. 이번엔 또 무슨 일을 하려는지.'

가장 중요한 사실마저 잊고 말았다. 원장이 깍지를 풀고 손끝으로 다시 안경을 밀어 올렸다.

"더 정확한 검사를 해 봐야겠지만, 내 소견으로는."

"……."

"치매가 확실한 것 같아요."

그 한마디가 거대한 바위가 되어 온몸을 짓눌렀다. 이수가 결국 참지 못하고 우두우두 손마디를 꺾었다.

"수액 다 맞으시려면 한 시간 반 정도 남았어. 그럼 솔도로 들어가는 배는 끊길 텐데?"

"할머니……."

"할머니는 여기 하룻밤 입원하시는 편이 좋을 것 같아요. 할머니 잠깐 뵙고, 이수는 우선 솔도로 들어가. 그래야 내일 또 학교 가지."

이수가 반쯤 넋이 빠진 얼굴로 원장을 보았다. 분명 한국말인데 도무지 무슨 소리인지 알아들을 수 없었다.

"지금 할머니 가족은 너밖에 없는 걸로 아는데, 맞아?"

마른 입술을 달싹이다 이수는 이내 침묵했다. 내가 과연 진짜 할머니 가족일까 자문했지만 명확한 답이 나오지 않았다. 정우 아줌마는 늘 '너희 할머니'라 했다. 그럴 때마다 계절에 맞지 않은 옷을 입은 듯 어색했다. 할머니가 싫어서는 아니었다. 피를 나누지 않았다는 한심한 생각 때문도 아니었다. 5년이나 함께 살아왔지만, 할머니에게는 늘 투명한 막이 느껴졌다. 하지만 그 막이 할머니로부터 비롯했는지, 자신으로부터 비롯했는지는 이수도 알 수 없었다.

"혹시 의논드릴 어른 있어요?"

제일 먼저 떠오른 사람은 정우 아줌마였다. 이수는 몇 번이나 섬마을 횟집 앞을 서성거렸다. 그러나 결국 말없이 돌아섰다. 하루 대부분을 할머니와 보내는 아줌마가 조용하다면 크게 문제없으리라 생각했다. 어쩌면 그렇게 믿고 싶었는지도 몰랐다. 분명 그랬을 것이다.

"가끔 할머니랑 같이 오시는 섬마을 횟집 사장님. 그분이랑 가족처럼 지내시지?"

이수가 힘없이 고개를 끄덕였다. 지금 상황에서 의지할 수 있는 사람은 정우 아줌마뿐이었다.

"우선 오늘은 돌아가요. 할머님 여기서 잘 주무실 테니까."

자리에서 일어나자 의자가 뒤로 밀렸다. 드르륵 소리가 천둥처럼 크게 들려왔다.

"감사합니다."

"한 가지 묻고 싶은 게 있는데."

문을 향해 돌아서던 두 다리가 멈춰 섰다. 원장의 얼굴에 엷은 미소가 지나갔다. 사진 속 바로 그 얼굴. 이수는 가져 본 적 없는, 편안하고 아늑한 웃음이었다. 그건 어쩌면 할머니도 마찬가지일 거란 생각이 들었다. 곧 솔도로 들어가는 마지막 배가 출발할 것이다.

병실 문을 열자 곤히 잠든 할머니가 보였다. 왼손에 붕대가 감겨 있었다. 검버섯이 가득한, 앙상하게 뼈만 남은 팔뚝에 바늘이 꽂혀 있었다.

6년 전 그날은 해무 낀 바다처럼 기억이 희뿌옜다. 경찰이 들이닥친 후, 그 뒤에 무슨 일이 벌어졌는지, 자신은 한동안 누구와 어떻게 지냈는지 전혀 기억할 수 없었다. 며칠이 지났는지, 낮과 밤조차 구분되지 않았다. 그러던 어느 날 할머니가 찾아왔다.

'너 나랑 가자.'

할머니의 첫마디였다. 같이 갈 테냐고 묻지 않았다. 가야만 한다고 설득하지 않았다. 명령과도 같은 그 말에 이끌려 이수는 솔도로 들어왔다.

아들이 죽인 여자의 피붙이, 엄마를 죽인 남자의 어머니, 둘의 만남에 사람들은 입을 모아 말했다. 지독한 악연이라고. 할머니가 어린아이를 상대로 괜한 분풀이를 할 거라 넘겨짚었다. 아직 어린 이수를 걱정했고, 키워 봤자 또 다른 망나니가 될 거라며 할머니를 염려했다. 그러나 지난 5년간 두 사람 모두 조용했다. 한차례 폭풍이 지나가면 바다는 거짓말처럼 잔잔해졌다.

사람들이 말하는 악연은 엄마와 남자의 만남이 아닐까. 어쩌면 할머니가 남자를 낳은 때와, 엄마가 이수를 낳은 그 순간부터가 진짜 악연의 시작이었는지도 몰랐다.

"할머니, 나한테 정말 하고 싶은 말이 뭐야?"

이수가 잠든 할머니를 내려다보았다. 그렇게 한참을 서 있다 뒤돌아 병실을 나왔다. 병원은 선착장과 그리 멀지 않았다. 아직 솔도로 가는 마지막 배를 탈 수 있음에도 발걸음은 전혀 반대 방향으로 향하고 있었다. 텅 빈 집에 혼자 들어가기 싫었다. 이것저것 물어볼 아줌마에게 어떻게 대답해야 할지 알 수 없었다. 이수는 선착장과 솔도 그리고 할머니로부터 더 먼 곳으로 도망치고 싶었다.

바닷가 마을에도 어김없이 밤이 내렸다. 어깨를 나란히 한 횟집들이 화려하게 불을 밝혔다. 낮보다 밤이 더 밝은 세상. 바다를 사이에 두고 섬과는 전혀 다른 풍경이 펼쳐졌다. 이수가 터덜터덜 길을 걸었다.

PC방에 갈 수도 있었다. 찜질방에서 모른 척 밤을 새울 수도 있었다. 이수가 주머니 속 휴대폰을 꺼내 들었다. 이리저리 화면을 건드려 봐도 연락할 사람 하나 없었다.

결국 솔도로 가는 마지막 배를 타지 못했다. 그러나 이수의 마음은 여전히 섬과 같았다. 아무도 찾지 않는, 누구에게도 갈 수 없는 곳에 덩그러니 혼자 남아 버렸다. 휘청이는 발걸음으로 걷고 또 걸었다. 이렇게 헤매다 보면 또 모를 일이다. 날이 밝아 아침을 맞이할는지도, 모든 것이 지독한 꿈이었다며 할머니 칼질 소리에 맞춰 늘어지게 하품을 할지도 말이다.

걷다 보니 어느새 학교였다. 그 위로 더 올라가자 아파트 단지가 나왔다. 프랜차이즈 제과점과 카페, 학원과 휴대폰 대리점, 분식집과 고깃집이 보였다.

이수가 정류장 의자에 주저앉았다. 곧 버스가 온다는 안내 방송이 흘러나왔다. 사람들이 자리에서 일어나 승차 준비를 했다. 한 아이가 휴대폰 대리점에서 틀어 놓은 음악에 따라 고개를 까딱거렸다. 가볍게 리듬을 탔다.

정류장에 도착한 버스가 몇 명을 토해 내고 다시 몇 명을 집어삼켰다. 이수는 앉은 채로 뒤뚱거리는 버스를 바라보았다. 버스에서 내린 한 남자가 휴대폰을 꺼내 통화를 시작했다.

"나야. 지금 집에 가려고. 너는 뭐 해? 저녁은 먹었어? 여기 정류장이지."

남자가 나직이 소리 내어 웃었다. 입가에 기분 좋은 미소가 가득했다.

“나올래? 알았어. 나도 그쪽으로 가고 있을게.”

뚜벅뚜벅 구두 소리가 멀어져 갔다. 남자는 누구에게 전화했을까? 친구, 아니면 좋아하는 사람? 누가 됐든 전화 한 통화로 만날 수 있는 상대가 있다는 건 부러운 일이었다.

이수가 휴대폰을 꺼내 키패드에 하나둘 숫자를 입력했다. 통화 버튼을 누르자 곧바로 목소리가 흘러나왔다.

“누구세요?”

“…….”

“전화를 했으면 말을 해야지? 아, 진짜 짜증 나네.”

“나……예요.”

“웃겨. 모르는 번호로 전화해서는 ‘나예요.’ 하면 알아들어? 어떤 새끼가 장난치는지 걸리면.”

“이수.”

“이수?”

전화기 너머에서 짧은 침묵이 흘렀다.

“너 섬마을 소년이냐?”

누군가와 통화를 하고 싶었다. 그런데 아무리 생각해도 ‘나야.’라고 말할 상대가 없었다. 그 순간 문득 몇 개의 숫자가 떠올랐고 뭔가에 홀린 듯 통화 버튼을 눌렀다.

“맞아? 우리 반 이수, 너야?”

“네.”

"갑자기 무슨 존댓말. 손발 오징어 되려고 한다. 너 혹시 낮에 내가 말한 번호 기억한 거야? 와, 어떻게 한 번 듣고 외우냐? 하긴 내 번호가 좀 쉽긴 하지. 웬일이냐?"

다시 버스가 도착한다는 안내 방송이 흘러나왔다. 그 소리가 멍한 정신을 깨웠다. 어쩌자고 전화를 했을까? 진짜 세아의 번호일 줄은 몰랐다. 여덟 개의 숫자 중 하나 정도는 틀릴 줄 알았다. 그런데 정확한 번호를 누르고야 말았다. 언제 외웠을까? 그냥 습관일 뿐이었다. 어릴 적부터 그랬다. 학교 앞 간판에 적힌 전화번호를 외우고 선생님들의 차량 번호를 외웠다. 그런 것들에 신경 써야 마음이 다치지 않으니까.

"아니요. 죄송해요."

이수가 서둘러 화면을 그었다. 다시 걸려 온 전화는 받지 않았다. 장난이었다 할 수도, 정말 통화가 될 줄 몰랐다는 말도 할 수 없었다. 지잉지잉 울리던 전화는 이내 잠잠해졌다.

이수는 동그랗게 등을 말았다. 할머니가 사 준 새 운동화는 어느새 발에 익숙해졌다. 그때 왜 눈치채지 못했을까? 할머니의 섬이 천천히 가라앉고 있다는 사실을…….

'혹시 손 베인 적 있어요? 할머니가 손주분 이름 부르면서 칼 조심하라고 신신당부하셔서.'

원장의 물음에 이수는 허방을 짚은 듯 현기증이 일었다.

'아니요.'

'아마 예전에 있었던 일을 지금 기억하시는 걸 거예요.'

내가 칼에 베인 적이 있었나? 기억을 더듬어 보지만, 전혀 떠오르지 않았다. 설마 손등에 난 그 상처를 내내 기억했던 걸까? 만약 그 일이 없었다면, 할머니는 칼을 갈아 주겠다며 집에 오지 않았을 것이다. 그 생각이 들자 진짜 칼에 베인 듯 가슴이 쓰려 왔다.

할머니는 과연 기억을 잃어 가는 것일까? 아니면 이수가 모르는 무언가를 되짚어가는…….

"혹시나 해서 나와 봤다. 야, 전화를 걸었으면 말을 해야지."

바닥에 고여 있던 시선을 천천히 들었다. 눈앞에 익숙한 얼굴이 있었다.

"45번 버스가 바다 건너 섬까지 가는 줄 몰랐네. 섬마을 소년, 솔도까지 버스 타고 가려고 기다리냐?"

코끝으로 진한 오렌지 향이 밀려들었다. 기다란 손가락 사이에 막대 사탕이 들려 있었다.

"한 대만 줄래요?"

"……."

"그 사탕 한 대만 피워 보고 싶어서."

세아가 한쪽 입꼬리를 말아 올리며 빙긋이 웃었다.

정신을 차려 보니 맞은편에 세아가 앉아 있었다. 테이블에는 돈가스와 라면, 김밥이 놓여 있었다. 이수가 멍하니 음식들을 내려다보았다.

"너 점심도 안 먹었잖아. 꼴 보니 저녁도 안 먹은 것 같아서……는 거짓말이고 내가 밥을 안 먹었다."

세아가 후루룩 면발을 빨아들였다. 이수의 배 속에서도 꼬르륵 소리가 들려왔다. 점심부터 굶었는데 전혀 허기가 느껴지지 않았다.

"나 거기 있는 줄 어떻게 알았어요?"

정류장임은 안내 방송으로 눈치챘을 것이다. 하지만 정류장이 한두 곳도 아닐 텐데, 콕 찍어 이수가 있는 곳으로 찾아온 것이 신기했다.

"그 뒤에 휴대폰 대리점 있잖아. 거기서는 맨날 레스 노래만 나오거든. 사장인지 직원인지 레스 덕후가 분명해. 하긴 요즘 가장 잘나가는 아이돌이니까."

음악에 맞춰 가볍게 리듬을 타던 아이가 떠올랐다.

"왜 갑자기 적응 안 되게 존대야?"

세아가 김밥을 우물거리며 물었다. 이수의 시선이 그의 얼굴을 지나 목과 어깨에 닿았다. 교복을 벗은 모습이 낯설었지만, 한편으로는 더 앳되어 보이기도 했다.

"여긴 학교가 아니니까."

작은 목소리로 웅얼거리자 세아가 챗 소리를 내뱉었다.

"아, 형 대접해 주겠다? 내가 소년원에서 1년이나 있었으니까, 그치?"

소년원이란 한마디에 주위 사람들이 테이블을 흘낏거렸다.

한 남자는 세아와 눈이 마주치고는 곧바로 시선을 돌렸다.

"내가 1년 꿇은 건 맞는데 너랑 동갑이야. 나 7살에 학교 들어갔거든. 그냥 형 소리 들을걸 그랬나?"

세아가 키득거리며 라면을 먹었다.

"섬 들어가는 배 끊겼지? 너 오늘 어디서 자냐?"

"아무 데서나."

세아는 말없이 음식만 먹었다. 왜 전화했느냐고도, 집에는 왜 안 들어가느냐고도, 갑자기 왜 기윤에게 맞섰느냐고도 묻지 않았다. 이수도 후루룩 면발을 빨아올렸다. 그릇을 비운 세아가 먼저 일어나 카운터로 갔다. 이수가 재빨리 막아섰다.

"내가……."

"동갑한테 존댓말 들은 값."

세아가 계산을 하고는 분식집을 나왔다. 이수가 그 뒤를 따랐다.

"가자."

밖으로 나오기 무섭게 세아가 말했다.

"어디?"

이수가 물었다.

"우리 집. 너 오늘 우리 집에서 자자고. 어디 다른 곳 갈 데 있어?"

머뭇거리는 이수를 보며 세아가 피식 웃었다. 그러고는 덧붙였다.

"나 혼자 살아."

"혼자?"

"예전부터 혼자 살다시피 했어. 여기선 진짜 혼자 살게 됐고. 가끔 우리 집 꼰대가 오긴 해. 왜 지난번에 학교 일찍 간 날 있잖아. 꼰대가 와서 하루 자고 갔어. 아침에 일어나서 괜히 이런저런 잔소리할까 봐 일찌감치 도망쳐 나왔지."

세아가 멋쩍은 얼굴로 관자놀이를 긁적였다. 과연 이 아이에게는 어떤 사연이 있을까? 넝쿨처럼 이리저리 얽히고설켜 사는 게 인간이라 생각했다. 그런데 어쩌면 사람들은 저마다의 섬에서 사는지도 몰랐다. 누군가 배를 타거나, 헤엄쳐서 가 보지 않으면 결코 그 속을 알 수 없는 섬들……. 이수가 말끄러미 세아를 바라보았다.

"따라와. 싫으면 말고."

세아가 뒤돌아 길을 걸었다. 잠시 망설이다 이수가 걸음을 옮겼다.

"네가 내 사진 찍은 거 애들이 봤다잖아. 빨리 휴대폰 보여 달라고."

성마른 목소리가 날아든 건, 두 사람이 좁다란 건물 틈새 앞을 지날 때였다. 여자아이의 외침에 먼저 멈춰 선 사람은 세아였다. 세아의 시선이 건물 사이 골목으로 돌아섰다.

"네가 직접 봤…… 찍는 거? 내가 왜 폰……."

차들이 지나가는 사이로 또 다른 목소리가 들려왔다. 세아가 성큼 좁은 틈새로 발을 내디뎠다. 이수가 고개 들어 건물을 올려다보았다. 3층에 하얗게 불을 밝힌 학원 간판이 보였다. 이수가 황급히 뒤를 쫓았다.

설마 싶었는데, 목소리의 정체는 기윤이었다. 갑작스러운 두 사람의 등장에 녀석은 적잖이 놀란 얼굴이었다. 그러고는 손가락으로 이수를 가리켰다.

"아! 그런 거였어? 있쑤, 너 범죄자 백 믿고 나한테 개긴 거야?"

"너 폰 줘 봐."

세아가 가까이 다가가며 말했다. 기윤이 어이없는 웃음을 터뜨렸다.

"네가 뭔데? 소년원이나 갔다 온 주제에 누구한테 명령이야?"

"뭐예요?"

세아가 여자아이를 향해 물었다. 어둠 속이라 확실치 않지만, 아이는 기윤이 보냈던 그 사진 속 주인공이 맞는 듯했다.

"쟤가 내 사진을 몰래 찍었다고."

"아니라니까."

기윤이 버럭 소리를 내질렀다.

"그럼 폰 보여 주면 되잖아. 왜 못 보여 주는데? 나 분명히 찰칵 소리 들었거든."

여자아이도 만만찮은 눈빛으로 쏘아붙였다.

"정말 들었어요?"

세아가 다시 물었다.

"똑똑히 들었어. 애들도 재가 몰래 나 찍는 거 몇 번이나 봤다고……."

아이의 말이 채 끝나기도 전에 세아가 기윤의 멱살을 움켜잡았다.

"폰 내놔라."

"어디서 정의의 사도인 척해? 역겹게."

"말 잘했네. 오늘 진짜 역겨운 게 뭔지 보여 줄게."

퍽 소리와 함께 기윤이 바닥에 쓰러졌다. 이수가 말릴 새도 없이 무자비한 발길질이 날아들었다.

"그만해."

이수가 재빨리 기윤을 막아섰다. 어둠 속에서 세아의 두 눈이 퍼렇게 일렁였다. 사탕을 굴리며 히죽거리던 웃음도, 짓궂은 표정도 완전히 사라졌다. 세아의 얼굴에는 또렷한 증오만이 남아 있었다.

"비켜, 오늘 저 새끼 내가 죽여 버릴 테니까."

결코 기윤을 위해서가 아니었다. 녀석을 건드리는 날에는 세아도 무사하지 못할 것이다. 이 학교에서마저 문제를 일으키면 더는 세아가 갈 곳이 없다.

이수가 쓰러진 기윤의 주머니를 뒤졌다. 평소 녀석이 휴대폰을 어디다 넣는지 훤히 알고 있었다.

"야, 폰 이리 내. 너희 이러고도 무사할 줄 알아?"

"너 몰래 촬영했잖아. 그 사진 나한테도 보냈잖아. 기억 안 나? 내가 증거 가지고 있거든? 어디 한번 해 봐."

이수가 단숨에 패턴을 풀었다. 지겹게 본 터라 외우려 하지 않아도 자동 저장되었다. 그 순간 세아가 폰을 낚아채 여자아이에게 넘겼다.

"한번 봐요."

아이가 휴대폰을 확인하는 동안, 기윤이 자리에서 일어났다. 연거푸 욕설을 내뱉으면서도 아무 반항도 하지 못했다. 그 사이 아이는 몇몇 사진과 화면을 캡처해 증거 자료를 전송했다.

"네가 친구한테 내 사진 보낸 거, 나랑 다른 여자애들 얼굴 몸매 품평한 거, 다 내 폰으로 보냈어."

아이가 자박자박 걸어가 보도블록 하수구 위에 섰다.

"야! 안 돼. 그거 바꾼 지 얼마 안 됐어."

"다행이네."

아이가 움켜쥔 손을 풀자 휴대폰이 정확히 하수구 철창 사이로 떨어졌다.

"내가 수학 문제 열심히 풀어 준 이유를 네 멋대로 오해하면 안 되지? 남한테 설명해 주는 게 몇 배 더 머리에 잘 남거든. 내 공부를 위해서야. 그리고 너한테만 문제 풀어 줬냐? 우리 학원 애들 남녀 가리지 않고 모르는 문제 있으면 다 나한테 왔어. 어디서 네 멋대로 나랑 엮는데? 네까짓 게 뭔데 다른 사람 얼굴 품평질이야?"

"진짜 저게."

성큼 앞으로 나가려는 기윤을 세아가 가로막았다.

"너희 친척이 경찰이라며? 나 좀 소개해 줄래? 경찰에 신고할 일이 생겨서."

아이가 손에 쥔 휴대폰을 좌우로 흔들었다. 그 속에는 지금껏 기윤이 몰래 찍은 사진과 함부로 보낸 메시지가 고스란히 저장되어 있었다.

"디지털 성범죄자라고 인터넷에 제보하기 전에 얌전히 찌그러져 있어."

기윤이 욕설을 내뱉고는 도망치듯 골목을 빠져나갔다. 여기서 녀석을 만나리라고 이수는 상상하지 못했다. 저절로 머릿속에 입력됐던 패턴이 이렇듯 유용하게 쓰일 줄 몰랐다.

기윤이 사라지자 아이가 털썩 주저앉았다. 어둠 속에서도 똑똑히 볼 수 있었다. 가늘게 떨리는 두 어깨를…….

"혹시 이상한 사진이라도 찍혔을까 봐 얼마나 무서웠는데. 아이들하고 있는 사진뿐이라 너무 다행이라 생각했어. 심지어 고맙기까지 하더라. 그런데 절대 다행이 아니잖아. 고맙다니 말도 안 돼. 이제 누가 휴대폰만 들어도 신경 쓰일 것 같아. 아, 정말 짜증 나."

아이가 울먹였다. 그제야 이수는 알게 되었다. 세아가 휴대폰을 왜 아이에게 바로 건넸는지. 정말 이상한 사진이라도 찍혔다면 다른 사람이 먼저 보지 못하게 막으려던 것이다. 아이가 거칠게 눈물을 닦아 내고는 자리에서 일어났다.

"내 사진 있어?"

이수가 고개를 내저었다.

"바로 지웠어. 휴대폰 보여 줄게."

"아니야. 믿어. 혹시 걔가 학폭위에 신고하면 나한테……."

"못 할 거야."

저런 인간에게 참 많이도 휘둘렸다. 그 생각이 들자 이수는 갑자기 모든 것이 피곤했다.

"오늘 도와줘서 고마워. 아니었으면 아직도……."

세아가 성큼성큼 골목을 빠져나갔다. 이수가 황급히 뒤를 쫓았다. 불빛에 잠시 나타났다 사라지는 세아의 옆모습은 잔뜩 화가 나 있었다. 세아를 잡으려던 손이 허공에서 멈췄다. 바로 눈앞에 있는데도 아주 멀리 있는 것 같았다. 세아는 손을 뻗어도 닿을 수 없는 어딘가로 혼자 터벅터벅 걸어가고 있었다.

바다보다 깊고 산보다 높으며 사막보다 메마른 곳, 그것이 인간의 심연이라고 이수는 생각했다. 한집에 살아도 결코 다다를 수 없는 할머니 마음속처럼…….

이수가 말없이 세아의 등을 따라 걸었다.

8.

# 세아

혼자 산다는 말은 거짓이 아니었다. 집은 막 이사를 온 것도 같고, 곧 이사를 나갈 것도 같았다. 여기저기 박스가 쌓여 있는 데다 컴퓨터, 냉장고와 세탁기, 전자레인지를 제외하고는 특별한 가전제품도 보이지 않았다. 가스레인지는 사용한 흔적 없이 뿌옇게 먼지가 쌓인 채였다.

택배 상자에 들어 있는 각종 컵라면과 즉석 밥은 이미 유통기한이 지난 것도 있었다. 비닐봉지 속에는 막대 사탕이 가득했다.

"안 무너져. 앉아."

세아가 툭, 이수의 어깨를 치고는 냉장고 문을 열었다.

"한잔할까?"

돌아온 세아의 손에는 알루미늄 캔이 두 개 들려 있었다. 포도와 사과 맛 탄산음료였다.

"뭘 기대했는데 그런 표정이야?"

담배 피우듯 사탕을 먹는 녀석이라면 포도맛 탄산음료 정도는,

"크아! 이 맛이지. 너도 한잔해."

맥주처럼 마실 수도 있을 것이다. 이수가 음료수를 보며 피식 웃었다.

"할머니한테 전화 안 해도 돼?"

세아가 흘낏 이수의 눈치를 살폈다.

"너 섬에 사는지 물어봤더니 애들이 할머니랑 단둘이 산다는 얘기까지 해 줬어."

할머니는 지금쯤 잠에서 깨셨을까? 무슨 일이 있으면 꼭 연락해 달라고 당직 간호사에게 부탁했다. 휴대폰이 조용한 것을 보니 특별한 일은 없는 모양이었다. 하긴, 만약 섬으로 들어갔다면 연락이 와도 쉽게 나오지 못했을 것이다. 무슨 일은 이미 일어나 버렸다.

갑자기 목이 말랐다. 음료수를 마시자 강한 탄산이 목울대를 찔렀다. 문득 바다 한가운데 혼자 떠 있는 기분이었다. 사방 어디를 둘러봐도 온통 시퍼런 세상밖에 없었다.

"왜 말렸어? 이번 기회에 반쯤 죽여 놓으려고 했는데."

세아가 덧붙였다.

"어쨌든 그 새끼가 학교에 불어도 너는 상관없어. 때린 건 나니까."

"뭐가 뚜껑 열리게 했어?"

이수가 물었다. '뚜껑?'이라고 되물으며 세아가 두 눈을 끔뻑였다.

"너 뚜껑만 안 열리게 하면, 없는 듯 살고 싶다며."

세아를 폭발시킨 건, 기윤이 아니었다. 녀석이 허락도 없이 몰래 찍은 사진이 분명했다.

"야, 너 좀 무섭다? 비상식적으로 기억력이 좋은 거 아니냐? 지나가면서 툭 던진 말까지 다 기억한다고?"

'내 기억력이 좋은가?' 이수는 마음속으로 도리질 쳤다. 꼭 기억해야 할 것은 잊어버리고, 대신 엉뚱한 생각들로 머릿속을 가득 채워 버렸다. 어쩌면 그렇게 하고 싶었는지도 몰랐다. 그런데 대체 무엇을 위해, 아니 무엇을 지우기 위해.

"기억력 좋은 거, 공부할 때 빼고는 쓸모없더라."

세아가 음료수를 마시며 크 소리를 내뱉었다.

"보면 알겠지만, 나 주위에서 다 포기한 놈이야. 우리 꼰대도 고등학교나 제대로 졸업하면 마냥 감사하게 생각할걸."

"아버지는 어디 계시는데?"

"우리 꼰대?"

"……."

"서울에서 와이프랑 살아."

'무슨 소리야?' 이수가 눈으로 물었다. 세아가 풋 하고 웃었다.

"말 그대로 우리 꼰대 와이프. 엄마는 아니야. 나를 낳은 사람은 자기 남편이랑 호주에서 살고 있으니까. 왜, 복잡해? 너 똑똑하잖아. 교통정리 잘 해 봐."

무엇이 재미있는지 세아는 혼자서 키득거렸다. 그러고는 돌연 단호한 표정을 지어 보였다.

"복잡한 가정사 때문에 괜히 엇나간 놈이라 넘겨짚지 마라. 우리 집에 자유로운 영혼들이 많을 뿐이야. 나 그 정도로 유치하진 않아."

육지의 밤은 창문 밖이 소란스러웠다. 네온사인이 반짝였고 차량의 경적이 날카로웠다. 한때는 취객의 욕설을 자장가 삼아 잠든 적도 있었다. 시장 구석에 살던 때였다. 그런데 어느덧 바람과 파도 이외의 소리는 모두 소음으로 느껴졌다. 세아가 벽에 몸을 기댄 채 허공에 긴 한숨을 내뱉었다. 보이지 않는 연기가 메케하게 퍼져 나갔다. 그 속에 세아의 이야기가 담겨 있었다. 밤은 생각보다 길고 어둠은 실제보다 더 깊었다.

누가 먼저인지는 알 수 없었다. 어쩌면 동시였는지도 몰랐다. 부모님이 각방을 쓰기 시작한 건, 세아가 초등학교 5학년 무렵이었다. 6학년 때부터는 두 사람 중 한 명이 며칠씩 집을 비우곤 했다. 중학생이 된 후에 비로소 알게 되었다. 엄마 아빠에게 새로운 사람이 생겼다는 사실을.

"샀는데 막상 아니다 싶으면 반품하잖아. 인생도 반품하고 싶을 때가 있겠지. 나는 엄마 아빠 이해해. 이왕이면 구매에 좀 신중하지. 그럼 괜한 헛수고 안 했을 텐데."

아무렇지 않게 내뱉은 말들이 얼음처럼 이수의 가슴을 차갑게 건드렸다.

"어쩔 수 없었겠지. 인생 반품 절차가 좀 까다롭게 됐지만."

두 사람은 양육권을 놓고 팽팽하게 맞섰다. 자신이 키우기 위해서가 아닌, 상대에게 떠넘기기 위한 다툼이었다.

'애는 엄마가 키워야지. 양육비는 걱정하지 마.'

'잘난 신씨 집안이라며? 당신 아버지가 만날 했던 말 아니야?'

'아버지 돌아가신 지가 언젠데?'

'덕분에 그 건물이랑 주차장 땅까지 물려받았잖아. 그거 나중에 세아 거 되지 않을까? 아, 또 모르지. 그 여자가 세아에게 얌전히 물려줄지.'

'세아 아파서 응급실 실려 갈 때, 호텔에서 파티한 사람이 누구더라?'

'맞아, 나 엄마 자격 없어. 그리고 나 그 사람 따라 곧 한국 떠날 거야.'

아픈 세아를 응급실에 데려간 사람은 아빠도 아니었다. 그러니 아빠 역시 자격이 없는 건 마찬가지였다.

"이모. 진짜 이모는 아니고 우리 집에서 일해 주셨던 분."

일주일에 세 번 집에 오는 분이었다. 청소와 빨래, 요리와 가끔은 세아에게 필요한 준비물까지 챙겨 주었다. 이모가 다녀간 날에는 집 안이 말끔했다. 냉장고에 음식이 가득했고 서랍 속 옷들이 차곡차곡 가지런했다.

이모는 부모님보다 세아의 입맛을 잘 알았다. 옷이며 신발 사이즈부터 좋아하는 색과 디자인도 꿰뚫고 있었다. 세아의 성적표를 가장 먼저 보는 사람도 이모였다. 그러던 어느 날, 세아가 집에 돌아오자 못 보던 아이가 있었다. 욕실을 청소하던 이모가 깜짝 놀라 뛰쳐나왔다.

'일찍 왔구나. 맞다, 오늘은 방과 후 수업 없다고 했지? 내 딸이 오늘 개교기념일이라 학교에 안 갔어. 근처에 왔다가 잠깐 들렀는데…….'

이모는 큰 잘못이라도 한 듯 어쩔 줄 몰라 했다. 세아의 시선이 아이가 들고 있는 막대 사탕에 닿았다.

'이거 너희 집에 있던 거 아니거든. 내가 오다 편의점에서 산 거야.'

쏘아붙이듯 바라보는 아이의 눈빛에 세아가 뒤로 물러섰다. 분명 자신의 집인데 이상하게 주눅이 들었다.

'엄마, 갈게.'

아이가 이렇게 말하고는 세아를 향해 얼굴을 돌렸다.

'잠깐 들른 거야. 30분도 안 있었어. 아니 20분. 그냥 엄마 보러 온 거야.'

세아는 아무 대답도 할 수 없었다. 그저 두 눈을 동그랗게 뜬 채 바보처럼 고개를 주억거렸다. 아이가 나릿나릿 현관을 향해 걸어갔다. 그런데 낡은 운동화에 발을 구겨 넣다 갑자기 다시 거실로 돌아왔다. 아이가 세아와 마주 섰다.

'먹을래? 새로 나온 맛인데 편의점에서 원 플러스 원 행사해.'

세아가 멍하니 막대 사탕을 내려다보았다.

'먹어, 너.'

아이가 세아의 손에 강제로 막대 사탕을 쥐여 주었다. 그러나 눈빛만은 여전히 서늘했다. 자신이 왔던 사실을 절대 말하지 말라는 무언의 협박 같았다. 아이가 현관으로 뛰어갔다.

'지유야, 뛰지 말고. 빨래 그냥 둬. 엄마가 가서 할 테니까.'

'벌써 다 해 놨지롱. 나 간다.'

아이가 날름 혀를 내밀고는 문밖으로 벗어났다. 철커덕 문이 닫히며 잠금장치 잠기는 소리가 들렸다. '지유라고.' 세아가 마음속으로 중얼거렸다.

'내 딸도 6학년이야. 너랑 동갑.'

그날 저녁, 집으로 돌아가는 이모에게 세아가 하얀 비닐봉지를 건넸다.

'이게 뭐니?'

질문에 대답하지 않았다. 아니, 대답하지 못했다. 어떻게 답해야 할지 알 수 없었으니까. 봉지 속을 살피던 이모가 빙그레 웃었다.

'우리 지유 주는 거야?'

세아가 뒤돌아 방으로 들어갔다. 평소라면 현관까지 나가 인사했을 것이다. 다음에는 돈가스가 먹고 싶다거나 라면을 끓여 달라는 부탁도 했을 것이다. 하지만 그날은 어쩐지 그러고 싶지 않았다. 그럴 수 없을 것 같았다.

세아는 한 번도 집에 친구를 부른 적이 없었다. 생일 파티를 하거나, 함께 모여 게임을 한 적도 없었다. 엄마 아빠가 언제 올지 몰랐으니까. 두 사람이 부딪히면 분명 고성이 오갈 것이다. 이모를 진짜 이모가 아닌, 일하시는 분이라 소개하기도 싫었다. 말수가 적고 키만 껑충하게 큰 세아를 아이들도 가까이 하지 않았다. 그런데 집에 친구를 데려온다는 건, 아니 누군가 찾아온다는 건 생각보다 재미난 일일 것 같았다.

우연한 만남은 다음 날도 계속되었다. 하지만 세아가 상상한 분위기는 전혀 아니었다.

구부정하게 걷고 있는데 바닥에 파란색 운동화가 보였다. 눈을 들자 지유가 있었다. 세아는 너무 놀라 주춤 뒤로 물러섰다. 왜 자꾸 도망가려 하는지 알 수 없지만, '생각'보다 '몸'이 먼저 반응했다.

'이거 가져가.'

아이의 손에 하얀색 비닐봉지가 들려 있었다. 세아가 두 눈을 느리게 끔뻑였다.

'우리 엄마가 너희 집에서 일한다고 하녀인 줄 알아? 우리 거지 아니거든? 이 정도는 충분히 사 먹을 수 있어. 집에 있는 간식 대충 쓸어 담아 주면 고마워할 줄 알았니? 필요 없으니까 도로 가져가.'

지유가 봉지를 건네며 매섭게 노려보았다.

'아니야. 그거 집에 있던 거 아니야. 편의점에서 샀어. 원 플러스 원 행사하는 게 많아서. 너도 이거 줬잖아.'

세아가 황급히 고개를 내젓고는 주머니 속 막대 사탕을 꺼냈다. 아직 먹지 않았다. 아니, 먹고 싶지 않았다. 주머니에 손을 넣으면 사탕이 잡히는 기분이 좋았다.

아이가 찬찬히 제 손에 들린 봉지를 살펴보았다.

'어, 편의점 봉투네?'

'응, 우리 아파트 앞에 있는 저기.'

결백을 주장하듯 다급히 덧붙였다. 그러나 세아는 왜 이렇게 자꾸 겁이 나는지, 이 작은 아이가 왜 이리 두려운지, 그 이유를 찾을 수 없었다.

'진짜 네가 산 거야?'

세아가 크게 고개를 주억거렸다.

'사탕은 왜 안 먹었어? 그리고 바보냐? 원 플러스 원이라고 다 싼 줄 알아? 이건 우리 동네 슈퍼가 훨씬 싼데.'

지유가 봉지 속을 이리저리 살피며 중얼거렸다. 연신 쯧쯧 소리도 내뱉었다. 세아는 비로소 긴 한숨을 내쉬었다. 물론 자신이 왜 안도하는지 여전히 그 멍청한 이유는 알 수 없었다.

그 뒤로 지유는 자주 집에 놀러 왔다. 엄마가 아닌, 새로 사귄 친구를 만나기 위해서였다.

'아빠는 2년 전에 암으로 돌아가셨어. 엄마가 일하면서 병간호까지 하느라 무진장 고생했지. 사실 우리 엄마야말로 몸이 많이 약해. 나도 중학생 되면 아르바이트할 거다.'

'무슨 아르바이트?'

'아무거나. 시켜 주면 뭐든 다 잘할 자신 있어.'

팡팡 제 가슴을 두드리던 지유가 살짝 말끝을 흐렸다.

'그런데 너희 엄마 아빠는 언제 오셔?'

'아주 가끔. 선인장 물 주러.'

'선인장? 너희 집에 선인장 있었어? 나 못 봤는데? 네 방에 있나?'

세아는 말없이 막대 사탕을 입에 물었다. 지유랑 편의점에서 산 원 플러스 원 행사 상품이었다. 막대 사탕 따위 꼬마들만 먹는 줄 알았는데, 자꾸 먹다 보니 묘하게 중독되었다. 익숙해진 것은 사탕의 달콤함뿐만이 아니었다. 누군가와 함께하는 시간은 그보다 더 달았다.

'나는 초코 바닐라가 제일 맛있더라.'

세아가 말했다.

'선인장 얘기하다 갑자기 무슨……. 야! 그리고 초코 바닐라보다 과일 맛이 더 상큼하거든.'

지유가 코끝을 찡긋거리더니 빙긋이 웃었다. 과일 맛 사탕

같은 미소였다. 보는 것만으로도 이상하게 웃음이 전염되었다. 세아가 히죽 따라 웃었다.

시간이 흘러 세아는 중학생이 되었고 엄마와 아빠는 결국 이혼했다. 하지만 누구도 세아 곁에 남지 않았다. 각자의 파트너와 새 삶을 시작했으니까. 세아에게 부모님의 부재는, 아침이면 떠오르는 태양만큼이나 익숙했다. 자신이 그 태양 아래 혼자 남은 선인장이라는 사실 또한 잊지 않았다.

일주일에 한 번 주던 관심이 한 달에 한두 번으로 바뀌었다. 그마저도 서서히 거둬들였다. 그러나 상관없었다. 선인장은 자랐고, 가시는 더 뾰족하고 단단해졌다.

'다음 주부터 다른 사람이 올 거야.'

한 달 만에 들른 아빠가 갑자기 세아가 이해 못 할 말을 쏟아 냈다.

'무슨 소리야? 다른 사람이 온다니? 이모는?'

이곳은 세아의 집이었다. 아빠의 진짜 집은 따로 있었다. 그건 엄마도 마찬가지였다.

'그만두신대.'

'왜?'

'난들 어떻게 알아. 사실 전부터 그만두겠다고 했는데 내가 하도 부탁하니까…….'

아빠가 한 달에 한두 번 집에 오는 건 괜찮았다. 엄마와 연락이 끊긴 것도 상관없었다. 그러나 이모는, 이모는 절대 없어서는 안 되었다. 아니, 이모마저 그러면 안 되는 것이다.

'내일 새로운 사람이 면접 보러 온다는데 가사 도우미 경험이 많아서…….'

세아가 뒤돌아 집을 뛰쳐나왔다. 뭔가 오해가 생겼을 것이다. 어른들의 세계는 늘 이런 식이었다. 자기들끼리 싸우고, 자기들끼리 결론지었다. 그 과정에서 세아의 의견 따위 백사장 모래 한 알보다 무가치했다. 지금까지는 아무래도 좋았다. 자신을 모래나 먼지로 생각하든, 두 사람의 실수로 여기든 상관없었다. 그러나 이제부터는 가만있지 않을 것이다. 세아가 주머니 속에서 휴대폰을 꺼냈다. 귓가에 익숙한 목소리가 흘러나왔다.

'왜 안 되는데?'

지유의 첫마디는 놀랍도록 간결했다. 뭔가 오해가 있었다고, 다른 사정이 생겼다고 말하지 않았다. 놀라 더듬거리는 세아를 앞에 두고 지유는 침묵했다.

'이모가 진짜 그만두신다고 했어?'

'그래.'

'왜?'

'왜?' 되물으며 지유가 한쪽 눈썹을 움찔거렸다.

'너야말로 왜 이래? 우리 엄마가 너희 집 시녀야?'

'그런 말이 아니잖아.'

세아가 거칠게 받아쳤다.

'너희 집, 우리 엄마한테는 그저 일터일 뿐이야. 그만두고 싶을 때 얼마든지 그만둘 수 있는 직장이라고.'

지유의 한마디 한마디가 벽이 되어 쌓여 갔다. 세아는 단 한 걸음도 가까이 다가갈 수 없었다.

'그렇다고 이렇게 갑자기.'

'갑자기 아니야. 오래전부터 그만두려고 했어. 우리 엄마 다음 달부터 제과점에서 일해.'

'거기선 얼마 받으시는데?'

절대 해서는 안 될 질문임을 잘 알고 있었다. 하지만 세아는 물에 빠져 허우적거렸다. 어떻게든, 지푸라기라도 붙잡고 싶었다. 그렇게라도 막힌 숨을 내뱉어야 했다.

'내가 아빠한테 말해서 월급 더 올려 드리면…….'

'야, 너.'

지유의 외침에 세아는 그대로 얼어붙었다. 보이지 않는 싸늘한 칼날이 두 사람 사이의 틈을 벌려 놓았다.

'가난한 사람은 돈이면 다 해결될 것 같아? 우리 엄마 몸 안 좋아서 그만두는 거야. 집 근처 제과점에서 하루에 3시간만 일하기로 했어. 나랑 우리 엄마 꿈이 뭔 줄 알아? 예쁜 디저트 카페 차리는 거야. 나 특성화고 조리학과 갈 거거든. 진짜 열심히 해서 나중에 프랑스로 유학도 갈 거야. 가난한 사람은 꿈도 없는 줄 알아? 무조건 돈만 좇을 것 같냐고?'

결코 그런 뜻이 아니었다. 단지 이모가 와 줬으면 싶었다. 그뿐인데, 지유는 왜 자꾸 엉뚱한 이야기하는 걸까. 세아는 바싹바싹 입술이 말라 갔다. 가슴이 까맣게 타들어 갔다.

'나는 그냥…….'

'안 그래도 너희 아빠가 월급 더 올려 주겠다 했어. 그래도 엄마가 싫다고 하셨어. 우리 엄마가 왜 지금까지 너희 집에서 계속 일했는지 알아?'

환청처럼 아빠의 목소리가 들려왔다. 귀찮아하며 난감해하는 듯한 표정도 떠올랐다.

'전부터 그만두겠다고 했는데 내가 하도 부탁하니까…….'

이모는 오래전부터 그만두려 했다. 아빠와 엄마처럼 세아에게서 떠날 준비를 하고 있었다.

'세아 너 때문이야.'

'…….'

'너 중학교 입학할 때까지는 챙겨 주고 싶어 했어. 그러다 학교 적응할 때까지만 몇 달 더 한다 했어. 너 혼자 두기 안쓰럽지만 이제 좀 컸으니까 괜찮을 거라고.'

대체 어른들은 무슨 기준으로 이젠 괜찮다고 결정할까? 무엇으로 다 컸다고 짐작하고 혼자서도 괜찮을 거라 단정할까? 그렇게 믿고 싶을 뿐이겠지. 그냥 내버려 두고 싶은 것이다. 다른 어른들처럼……. 생각할수록 웃음이 났다. 세아가 어깨를 들썩이며 키득거렸다.

'알았어.'

이 말을 끝으로 세아가 몸을 돌렸다. 지유가 한걸음에 달려와 앞을 막아섰다.

'말했잖아. 우리 엄마, 아빠 병간호하느라 고생했어. 나도 곧 아르바이트할 거야.'

세아는 대체 왜 이런 말을 들어야 하는지 궁금했다. 왜 자꾸만 이유를 대는지, 지유가 왜 금방이라도 울 것 같은 얼굴을 하는지 이해하고 싶지 않았다. 정작 울고 싶은 사람은 따로 있는데, 그것마저 허락되지 않는구나. 세아가 씁쓸하게 웃고는 지유를 지나쳐 갔다.

"뭐 그렇게 중2가 됐어. 그때부터 아이들이랑 어울려 놀았어. 집에 어른이 없잖아. 애들한테는 천국이었지. 학교 끝나면 모여서 게임하고 영화 보고 그러다 가끔 술도 마시고 담배도 피우고 밤거리 돌아다니고 그랬어."

"혼자 있기 싫어서?"

세아는 대답하지 않았다. 하지만 이수는 그 침묵의 의미를 알 것 같았다. 그 시절 세아의 마음이 어땠을지, 가슴에 얼마나 커다란 구멍이 뚫렸을지 이해할 수 있었다.

"내가 한심하게 살긴 했지만, 양아치처럼 살지는 않았다."

'양아치?' 이수가 다시 물었다. 세아가 피식 웃었다.

"괜히 목에 힘주고 다니지 않았다고. 몰려다니면서 애들 괴롭히지 않았어. 하긴 그럴 필요도 없었지. 우리 꼰대는 가진 게 돈밖에 없으니까. 가끔 놀이터나 골목에서 담배 피우다 걸린 적은 있어. 집에서 시끄럽게 논다고 신고 들어간 적도. 애들이 어지간히 떠들었어야지."

세아가 절레절레 도리질 치고는 툭 한마디 내뱉었다.

"다들 그래서 내 옆에 붙어 있었어. 돈 많고, 집에 아무도 없고, 같이 놀기 좋잖아."

두 사람 사이에 밤공기 같은 고요가 내려앉았다. 손을 뻗으면 닿을 거리인데, 침묵의 부피는 생각보다 크고 묵직했다. 이수는 문득 세아가 영원히 닿을 수 없는 먼 곳에 서 있는 느낌이었다. 어쩌면 침묵이 아닌 슬픔의 거리인지도 몰랐다. 아주 멀고 아득하며 겨울처럼 추운 곳에 혼자 서 있는 아이. 그 사람이 세아였다.

누군가 엘리베이터에서 내리고 문 여는 소리가 울렸다. 옆집에서 작은 소란이 들려왔다. 늦은 밤까지 귀가를 기다린 가족들이 있는 모양이었다.

"소년원은 왜 갔어?"

한순간 세아의 얼굴에 미소가 사라졌다. 그러나 오래가지 않았다. 손에 쥔 사탕을 천천히 물며 녀석은 그 질문을 기다렸다는 듯 빙긋이 웃었다. 옆집의 소란이 점점 더 크게 들려왔다.

엄마를 다시 만난 건 2년 만이었다.

'와! 몰라보겠다. 네 아빠 닮아서 진짜 크긴 크구나? 중2인가?'

중3이라는 얘기는 하지 않았다. 엄마에게는 전혀 중요치 않을 테니까.

'아빠가 가끔 오지?'

이 역시 대답할 필요가 없었다. 엄마가 반지 낀 손으로 머리를 쓸어 넘겼다. 피곤해서인지, 나른해서인지, 아니면 이 시간이 불편하다는 뜻인지. 이 어색한 만남을 서둘러 끝내고 싶을 테지. 그건 자신도…… 마찬가지라고 세아는 믿고…… 싶었다. 아주 간절히.

'알아, 네가 나를 어떻게 생각하는지. 미안하다 한들 너한테 무슨 도움이 되겠니?'

'왜 왔어?'

세아가 내뱉은 처음이자 마지막 질문이었다.

'나 호주 가. 당분간은 안 돌아올 거야.'

그 한마디가 심장을 꽉 움켜쥐었다. 세아는 그 낯선 느낌에 적잖이 당황했다. 엄마가 어디로 떠나든, 아무 상관 없었다. 어차피 남과 다르지 않으니까. 그런데 멍청한 심장이 제멋대로 뛰기 시작했다. 뾰족한 것이 가슴을 관통하는 기분이었다. 엄마가 바다 건너 가 버린다 했다. 전화 한 통화로 만날 수 있는 거리 밖으로 물러선다 했다. 주위에 어지럽게 돌아가던 모든 것들이 정지되어 버렸다. 세아가 어금니를 꽉 사리물었다.

엄마가 핸드백을 열어 하얀 봉투를 꺼냈다.

'자리 잡으면 연락할게. 나중에 한번 놀러 와.'

분명 돈이 들어 있을 것이다. 저것으로 무얼 할까? 애들을 불러 모아야지. 실컷 먹고 마시고 밤새워 놀아야지. 녀석들이 원하는 대로 사 줘야지. 그러면 텅 빈 집이 잠시라도 북적일 수 있을 테니까. 세아는 괜한 생각을 하고 싶지 않았다. 최대한 단순하고 가볍게 살아야 했다. 생각은 하면 할수록 머리만 아플 뿐이었다. 가족 따위는 분리수거 안 된 쓰레기통 속 오물과 같았다. 가까이 들여다볼수록 속만 뒤틀리니까. 세아가 벌떡 일어나 뒤돌아섰다.

'신세아.'

그냥 나가면 그만인 것이다. 어차피 다 끝난 사이였다. 바다를 건너든, 먼 나라로 떠나든 더는 상관할 필요 없었다. 아니 이제 그럴 수조차 없었다. 그런데도 다리가 말을 듣지 않았다.

'안 가져가니?'

엄마가 손끝으로 톡톡 테이블을 두드렸다. 그곳에 하얀 봉투가 놓여 있었다. 반지에 반사된 햇살이 두 눈을 아프게 찔렀다.

"가끔 그런 날이 있어. 온 우주가 나 하나 잘못되기를 기원하는 날. 단순히 운이 없거나 재수 없다는 말로 부족한……. 신이 작정하고 나를 파괴하려는 날 말이야."

세아의 두 눈이 오랫동안 허공에 매여 있었다.

"그렇게라도 생각해야지, 안 그러면 정말 미쳐 버릴 것 같거든."

엄마를 마지막으로 만나고 온 날이었다. 터벅터벅 집으로 가는데, 아파트 현관에 누군가 서 있었다. 사위는 어둠에 잠겨 있었다. 세상이 서서히 검은 실루엣으로 변해 갈 무렵이었다.

'신세아.'

그 목소리에 계단을 오르던 걸음이 멎었다. 세아가 천천히 몸을 돌려세웠다. 어둠 속에 서 있는 사람이 익숙했다. 껑충하게 커 버린 세아와 달리, 지유는 여전히 작았다.

'누구야?'

이렇게 묻는 스스로가 유치하게 느껴졌다. 하지만 세아는 모든 것에 화가 났다. 엄마의 연락도, 갑작스러운 지유의 등장도 짜증 나고 피곤하기만 했다. 할 수만 있다면 땅속 깊숙이 꺼져 버리고 싶었다.

'나야, 지유. 오랜만이지?'

아파트 화단에 커다란 감나무가 있었다. 병충해 약 탓인지 열매가 열리지 않았다. 다만 초록 잎이 무성했다. 지유가 그 나무 아래 서 있었다. 창에서 흘러나온 빛에도 얼굴이 잘 보이지 않았다.

'갑자기 네가 생각나서. 걷다 보니 여기였어. 내가 그러니까 요즘 좀…….'

지유는 당찬 아이였다. 자기 생각을 언제나 명확하게 말했다. 지유의 똑 부러지는 성격과 자신감 넘치는 표정이 세아는 늘 부러웠다. 그랬던 아이가 자꾸만 말을 더듬고 횡설수설했다.

'무슨 일이야?'

세아가 한 손으로 얼굴을 쓸어내렸다. 이 어지러운 마음의 정체를 알 수 없었다. 반가움일까? 하지만 더는 아무 소용없었다. 엄마에게 연락이 왔을 때도 비슷한 감정이었다. 그런데 결과는 기대와 달랐다. 어쩌면 지유도 마찬가지일 거라 생각했다. 아니, 분명 그럴 것이다.

'나 갈빗집에서 아르바이트했어. 사장님이 갑자기 카운터를 보래. 나는 서빙 담당인데. 금고에 돈이……. 그럴 리가 없는데.'

'무슨 소리를 하는 거야. 좀 알아듣게 말해.'

세아가 차갑게 내뱉었다. 지유가 주춤 뒤로 물러섰다.

'자꾸 돈이 없어졌다고…….'

그 한마디가 팽팽하게 당겨 있던 무엇을 끊어 놓았다. 지유가 찾아온 용건도 별반 다르지 않았다. 어쩌면 하나같이 기대를 저버릴 수 있을까. 세아가 피식피식 헛웃음을 터뜨렸다.

'알바하다 돈 문제 생겼냐? 그래서 내가 생각났어?'

발끝을 보던 지유가 천천히 고개를 들었다. 세아가 주머니에서 하얀 봉투를 꺼냈다.

'마침 잘됐네. 안 그래도 나 오늘 주머니가 두둑하거든. 이 돈 필요하면 줄게. 이거 누구한테 받았는지 알아? 바로 우리

엄마. 너 몰랐지? 나도 엄마가 있긴 있어.'

세아가 한 걸음 가까이 다가갔다.

'아니, 있었다고 말해야 하나?'

다가간 거리만큼 지유가 뒤로 물러섰다.

'아니다. 세아야, 잊어버려. 아무것도 아니니까.'

만약 어두운 밤이 아니었다면, 감나무 잎이 무성하지 않았다면, 1층 베란다 창으로 더 밝은 빛이 흘러나왔다면, 그랬다면, 정말 그랬다면, 지유의 겁에 질린 얼굴을 볼 수 있었을까?

'너한테 너무 못되게 말하지 말았어야 했는데. 늘 후회됐어. 미안해.'

그 말을 남긴 채 지유가 도망치듯 단지를 빠져나갔다. 세아는 둔탁한 것으로 뒤통수를 맞은 느낌이었다. 하지만 그 순간이 지유를 보는 마지막일 줄은 전혀 상상하지 못했다.

"이사 갔어?"

세아가 손끝으로 방을 내리찍었다. 텅 빈 방 안에 톡톡 소리가 간헐적으로 울려 퍼졌다.

"죽었어. 자살했거든."

그 한마디가 이수의 귓가에 둥둥 메아리쳤다.

지유가 죽었다는 소식은 빠른 속도로 퍼져 나갔다. 다른 누구도 아닌 지유가 스스로 목숨을 끊었다 했다. 아무리 생각해도 말이 되지 않았다. 얼마나 하루하루 열심히 사는데, 얼마나 꿈이 많은데, 얼마나 엄마를 사랑하는데, 그런 아이가 스스로를 놓아 버렸다고? 절대 그럴 리가 없었다. 적어도 세아가 아는 지유는 그랬다. 사고임이 분명했다. 누군가 지유를 절벽에서 밀어 버린 것이다.

세아가 찾아간 집에는 아무도 없었다. 쓰러져 병원에 입원한 이모는 일주일 넘게 혼수상태에 빠져 있었다. 지유는 그날 마지막으로 도움을 청하러 왔었다. 그런 줄도 모르고 바보 같은 질문만 퍼부었다. 도망치는 지유를 끝끝내 잡지 못했다. 세아가 아랫입술을 짓씹었다. 입안에 비릿한 피 맛이 느껴졌다.

유서는 발견되지 않았다. 평소 학교생활도 충실했고 친구 관계도 원만했다. 경찰은 단순 자살로 사건을 종결지었다. 세아는 무작정 지유의 학교로 찾아갔다. 친하게 지낸 친구가 있을 터였다.

'2학년 때까지는 친했는데, 3학년 올라오면서 서로 바빠서. 내가 학원을 좀 먼 곳으로 옮겼거든. 지유도 아르바이트하기 바빴고. 가끔 메시지 주고받거나 점심시간에 마주치는 게 전부였는데…….'

지유는 저녁마다 갈빗집에서 서빙을 했다. 시급이 높고 사장님도 좋은 분이라 했다. 바쁜 날이면 시급 외에도 수고비를 더 얹어 주었다. 엄마는 밤늦게까지 아르바이트하는 지유를 안쓰러워했지만, 지유는 불안해하는 엄마를 안심시켰다.

'그런데 언젠가부터 지유가 이상해진 거야. 손톱을 피가 날

정도로 물어뜯고, 누가 손만 대도 소스라치게 놀라고. 이름 부르면 그냥 막 울어버리고, 왜 그러는지 물어봐도 자꾸 이상한 말만 하고.'

'이상한 말?'

'사장이 카운터를 보라 했다고, 자기는 진짜 모르는 일이라고. 처음에는 돈 문제가 생겼나 했어. 그런데…….'

아이가 세아의 눈치를 살피며 머뭇거렸다.

'혹시 안 좋은 일을 당한 게 아닐까? 전에 영어 교과서 빌리려고 지유네 반에 갔었거든. 그런데 책상에 엎드려 있었어. 잠든 줄 알고 깨우려는데 연습장에 "사진은 어떻게 하지?" 이렇게 써 놓은 거야. 무슨 사진이냐고 물었더니 소스라치게 놀라면서 연습장을 찢어 버리더라고. 사실 그때는 나도 당황해서 더는 묻지 못했어. 그런데 지금 와서 생각해 보니 이상하잖아. 무슨 일이라도 당한 게 아닐까 싶어.'

세아의 동공이 크게 부풀어 올랐다. 아이가 빠르게 덧붙였다.

'물어볼 수 없었어. 지유가 너무 불안해 보여서. 섣불리 물어봤다가는 오히려…….'

아이는 끝끝내 참았던 눈물을 쏟아 냈다. 애써 침착하려 해도 손끝이 떨렸다. 세아가 주먹을 꽉 움켜쥐었다. 아이가 손등으로 눈물을 훔쳐 내고는 다시 입을 열었다.

'그 갈빗집에 지유가 이모님이라고 부르는 분이 있어. 우리 학교 교감 선생님이랑 이미지 비슷하다고 전에 같이 찍은 사진 보여 준 적 있거든. 그 이모님이 지유를 정말 예뻐하셨나 봐. 처음에 일 서툴 때도 괜찮다고 다독여 주셨대. 혹시 그 분은 뭔가 알고 계시지 않을까? 아르바이트 시작한 뒤부터 지유가 갑자기 변한 것 같아서…….'

갈빗집은 생각보다 규모가 컸다. 넓은 홀에, 개별 방도 많았다. 영업이 끝날 때까지 무작정 기다렸다. 세아는 다섯 시간이 지나서야 간신히 지유 친구가 말한 이모를 만날 수 있었다. 두 사람은 24시간 운영하는 패스트푸드 매장에 마주 앉았다. 기름 냄새 사이로 진한 원두 향이 피어올랐다. 하지만 누구도 커피를 마시지 않았다. 혀끝으로 입술을 축이던 여자가 먼저 입을 열었다.

'내가 지유 그렇게 됐다는 소식 듣고 심장이 떨려서 며칠 잠을 못 잤어. 세상에 그 어린것이 무슨 한이 있다고 그렇게 무서운 짓을 해, 그래.'

여자의 목소리에 물기가 묻어 나왔다.

'무슨 얘기든 좋아요. 혹시 뭐 짚이시는 거라도.'

세아가 의자를 당겨 앉았다. 여자가 그제야 커피를 한 모금 마시고는 한숨을 내쉬었다.

'사장님이 유독 지유를 예뻐했어. 손녀딸 같다고. 어린애가 착하고 일도 야무지게 잘한다고 칭찬을 많이 했지. 그러다 카운터를 보는 매니저가 그만두게 됐어. 갑자기 사장이 지유보고 카운터를 보라는 거야. 사실 돈 관리하는 일은 어린애한테

힘들지 않을까 싶었거든.'

하지만 지유는 카운터 일도 꼼꼼하게 잘했다. 손님들에게 상냥했고 계산도 정확했다.

'그런데 언젠가부터 현금이 살짝 안 맞는다는 거야. 그러면서도 사장이 대수롭지 않게 웃어넘겼어. 그래서 나도 분명 사장님이 실수한 거다, 했는데도 지유 성격에는 적잖이 신경 쓰였나 봐.'

여자가 지친 얼굴로 눈가를 닦아 냈다.

'그날은 퇴근하고 집에 가는데 친구한테서 잠깐 만나자는 연락이 와서 오던 길을 되짚어갔거든. 그런데 멀리 지유가 보이는 거야. 그쪽은 갈빗집 방향인데 뭘 두고 갔나 싶었어. 그때 다시 친구 전화가 오는 바람에 그냥 지나쳤지. 다음 날부터 애가 나오지 않더라고. 아무리 전화를 하고 메시지를 남겨도 도무지 답이 없어. 학교에 무슨 일이 있나, 많이 아픈가 싶었지. 그런데 이튿날 사장이 지유가 그만뒀다는 거야. 뭐 사정 생기면 얼마든지 그만둘 수 있지만, 어떻게 인사 한마디 없이 갔을까, 내가 아는 지유는 절대 그럴 애가 아닌데. 요즘 애들은 다 그런가 조금 괘씸한 생각마저 들려는데 갑자기 세상에 그런 무서운 소식이……. 혹시나 해서 내가 그날 홀이며 주차장 CCTV를 돌려 봤거든.'

여자가 주위를 살피고는 나직이 말을 이었다.

'영상이 통째로 삭제됐더라고. 이럴 줄 알았으면 그날 따라

갔을 텐데. 어디 가는지 전화라도 해 볼 것을. 요즘도 지유가 꿈에 나타나서 어딘가로 혼자 가면 내가 목이 터지도록 부르다가 깨곤 한다니까. 경찰? 왔었지. 그런데 그날 지유가 진짜 갈빗집으로 들어갔는지는 알 수 없잖아. 만약 갔다고 해도 무슨 일이 있었는지 내 눈으로 보지도 못했고, 증거도 없어졌어. 목구멍이 포도청이라는 말 알아? 이번에 우리 아들 대학 등록금 때문에 사장한테 가불을 많이 했어. 내 어린 학생 앞에서 할 말은 아니지만, 나도 정말 어쩔 수 없어.'

세아가 떨리는 음성으로 사장에 대해 물었다.

'우리 사장? 지금은 혼자야. 사모가 태국에서 사업하는 아들네한테 갔거든. 며느리가 아이를 낳아서 도와주러 갔어. 둘째 아들도 영국인가 미국인가 유학 중이라던데. 사는 곳?'

이제 세아가 할 수 있는 일은 하나밖에 없었다. 사장을 직접 찾아가는 것. 물론 그가 순순히 만나 주리라는 기대는 하지 않았다.

"인터넷 기사가 그 내용이야?"

세아가 힘없이 고개를 끄덕였다.

"그냥 기다렸어. 도어 록 여는데 무작정 밀고 들어갔지. 맞아, 명백한 범죄야. 그런데 그땐 머릿속에 아무것도 생각나지 않았어. 지유 일에 대해 물었더니 얼굴색이 싹 바뀌더라. 완전히 감이 왔지. 이 인간이구나. 이 쓰레기가 지유를 절벽에서 밀었구나. 만약 지유 손끝 하나라도 건드렸다면 정말 죽일 생각이었어. 그래서 미리 준비해 갔지. 그날 무슨 일이 있었는지 빠짐없이 말하라 했어. 안 그러면 정말 죽여 버린다고. 그 나이에 진짜 죽기는 싫은지 소상하게 다 불더라."

세아의 손이 떨렸다.

"그 악마 같은 인간이 금고에 돈이 빈다는 빌미로 지유를 불러내서는 약을 먹였어. 그러고는 정신을 잃은 사이에……."

사장은 자신의 범죄를 덮기 위해 사진을 찍었다. 그것으로 지유를 협박했다. 입을 잘못 놀리면 인터넷에 사진을 올리겠다며…….

"그 인간, 진짜 더럽게 철두철미했어. 사진을 지유에게 전송하진 않고, 자기 폰에 있는 파일을 보여 주기만 했지. 전송했다간 증거물이 될 테니까. 그 소리 듣는데 머리가 부서지는 것 같았어. 죽여야 하는데 차마 찌르지 못하겠더라. 자꾸만 손이 떨리는 거야. 내가 얼마나 한심하고 머저리 같은지. 저 쓰레기 때문에 지유가 죽었잖아. 그럼 나도……."

"원치 않았을 거야."

불안하게 흔들리던 눈이 이수와 마주했다.

"그 애가 싫어했을 거라고."

세아가 거친 숨을 토해 냈다. 이제 막 물 밖으로 나온 사람처럼 호흡을 몰아쉬었다.

"그때 자백한 얘기 다 녹음했다? 그러면 감옥에 보낼 수 있을 줄 알았어. 휴대폰도 빼앗았어. 지유 사진 찾으려고."

그러나 세상은 소년의 생각처럼 그리 단순하지 않았다. 법은 복잡했고, 진실은 때론 태풍 속 조각배처럼 힘없이 부서져 가라앉았다.

'아니, 말이 중학생이지, 덩치를 봐요. 그런 놈이 칼 가지고 위협하는데 살기 위해 무슨 말을 못 합니까. CCTV요? 내가 지웠습니다. 그 아이가 금고에 손을 댔어요. 혹여 다른 종업원들이 보게 될까 일부러 지웠다고요. 내 나이가 칠십하고도 하나요. 무슨 영상을 찍어요. 나는 휴대폰으로 전화 걸고 받는 것밖에는 못 하는 늙은이라고요.'

세아의 시선은 여전히 바닥에 꽂혀 있었다.

"증거가 될 수 없대. 강압과 폭력에 의한 거짓 자백이라나? 진짜 멍청하지. 왜 폰을 바꿨을 거란 생각은 못 했을까? CCTV까지 지울 정도로 치밀했는데."

궁지에 몰린 쪽은, 오히려 세아였다. 혼자 사는 집에 친구들을 불러 모아 소란이나 피우는 10대였다. 그런 '문제아'가 힘없는 노인을 표적으로 삼았다. 어른들이 믿기 좋은 완벽한 범행 공식이 성립되었다. 사장의 죄를 밝힐 증거물은 없었다. 모든 진실은 피해자의 죽음으로 사라져 버렸다. 법정에 선 사람은 지유를 죽음으로 몰고 간 이가 아니었다. 그 진실을 밝히려던 세아였다.

자신이 저지른 죄를 아느냐고 판사가 물었다. 세아가 곧바로 '네.'라 대답했다. 그러나 후회하느냐는 질문에는 잠시 생각에 잠겼다.

'후회하느냐고요?'

그 말이 그토록 큰 아픔이 될 줄은 상상하지 못했다. 부모님에게 헤어지지 말라고 부탁하지 못했다. 함께 살자고 애원하지 못했다. 혼자 놔두지 말라고 사정하지 못했고, 제발 떠나지 말라고 매달리지 못했다. 하지만 그 후회들은 시간이 지나면 점차 희미해져 흔적 없이 사라질 터였다. 그러나 그날 밤 자신을 찾아온 지유를 끝끝내 잡지 못한 건 평생, 어쩌면 죽어서도 남을 후회였다.

'네. 후회합니다. 찔렀어야 했는데…….'

'신세아, 너 이 자식!'

등 뒤에서 누군가 소리쳤다. 귀에 익은 목소리였다. 아빠였다. 두 사람 모두 이렇게밖에 이름을 불러 주지 않는구나. 세아의 입가에 쓴 미소가 어렸다. 세아는 결국 소년법으로 가장 무거운 처벌인 10호를 받았다.

"우리 꼰대가 합의 보려고 고생 많이 했지. 비싼 변호사도 선임하고 말이야. 증거가 명백하니 무조건 빌라는 거야. 내가 왜 빌어? 그 쓰레기 때문에 사람이 죽었는데."

세아의 텅 빈 눈이 허공으로 향했다.

"소년원에서 나오자마자 찾아갔지. 그사이 갈빗집 간판이 바뀌었더라. 설마 싶었는데 겨울에 뇌출혈로 죽었다는 거야. 그 소리 듣는데 나야말로 피가 머리로 몰리더라. 그렇게 쉽게 죽으면 안 되잖아. 내가 죽을 때까지 쫓아다니면서 복수하려고 했거든. 그런데 그렇게 혼자 가 버렸네? 너무 허탈해서 기분 진짜 뭐 같더라."

"그래도 잘한 거야."

"……."

"찌르지 않은 건."

두 사람의 시선이 맞닿았다 헝클어졌다.

"너."

세아가 말을 멈추고 피식 웃었다.

"아니다."

왁자지껄하던 옆집의 소란도 잠잠해졌다. 창밖으로 들려오는 취객들의 소리가 오래전 아픈 기억을 흔들어 깨웠다. 날개도 없는데 기억은 바다를 건너 용케도 이곳까지 찾아들었다. 어쩌면 세아에게도 마찬가지일 것이다. 아무리 멀리 도망치려 해도 후회는 기어이 찾아와 가슴 한구석에 지독한 형벌처럼 내려앉았다.

결국 이수는 세아 집에서 하룻밤 머물렀다. 어쩐지 기분이 이상했다. 처음인데도 매일 밤 세아와 이야기를 나눈 듯 익숙함마저 느껴졌다. 아주 오래전부터 줄곧 마주 앉아…….

세아는 다시 학교로 돌아왔다. 다니던 곳과 주변 학교들은 모두 고개를 내저었다. 세아를 받아 주려는 곳이 없었다.

"꼰대가 어찌어찌 손을 써서 한 학교에 다니게 됐지. 최소한 고등학교만 졸업해 달라고 하도 사정사정해서 말이야."

'거기서는 왜?' 묻는 눈빛에 세아가 손에 들린 사탕을 내려다보았다.

"거슬리는 인간이 하나 있어서. 선생 중에 여자애들 슬쩍 만지는 인간이 있었어. 애들은 그저 최대한 안 마주치려 노력하고. 하루는 그 인간이 소문처럼 그러고 있는 걸 지나가다 우연히 창문 너머로 봤어. 순간 또 뚜껑이 열려 버렸지."

세아가 벌컥 상담실 문을 열어젖혔다. 그렇게 학교를 뒤흔들어 놓았다. 문제를 일으킨 세아는 강제 전학 처리되었고 사건의 진실은 또다시 수면 아래로 가라앉았다.

"그래서 우리 꼰대가 여기 처박아 둔 거야. 이젠 나 알아서 하란다. 오히려 잘됐지 뭐. 나는 이 마을 좋다."

"사람들이 오해했구나."

이수가 말했다. 세아가 아주 천천히 사탕을 굴렸다.

"오해 아니야. 나 구제 불능 맞아. 이유가 어떻든 옳은 방법은 아니었지. 나는 말이야. 단순하고 멍청해서 가해자와 피해자가 일 대 일이라 생각했어."

"……."

"그런데 피해자는 언제나 다수더라."

이수는 문득 죽은 남자를 떠올렸다. 엄마가 생각났고, 할머니 얼굴도 스쳐 지났다. 습관처럼 손가락 관절을 꺾었다. 누군가 옆집 벨을 눌렀다. 철컥 문이 열리며 감사하다는 인사가 들려왔다. 그사이 야식을 시킨 모양이었다. 옆집은 왁자지껄했다. 때론 냄새보다 소란으로 더 허기질 수 있겠구나. 이수는 문득 그런 생각이 들었다.

"나는 그게 참 역겹다."

세아의 두 눈이 어두운 창밖에 머물렀다.

"쓰레기 하나 때문에 너무 많은 사람이, 너무 오랫동안 고통받는 것 말이야."

세아가 사탕을 깨물고는 음료수를 마셨다. 손에 힘을 주자 알루미늄 캔이 콰직 소리를 내며 찌그러졌다.

"오늘 탄산에 제대로 취했나 보다. 쓸데없는 얘기를 늘어놓고. 내일 네 얼굴 어떻게 보냐."

쓸데없는 얘기일 리가. 누군가에게 한번쯤은 털어놓고 싶었겠지. 파도가 섬 귀퉁이를 깎아 내도, 모래가 되어 바닷속으로 가라앉을 뿐이다. 영원히 사라지지 않는다. 인간의 마음도 같지 않을까. 서서히 부서져 내릴 뿐 기억에서 완전히 지워지지 않는다. 미풍에도 잔잔한 바다가 깨어나듯, 인간의 마음속에 침잠한 것들은 조금만 건드려도 쉽게 부유한다. 애써 외면했던 기억과 상처를 아프게 불러들인다.

생각할수록 이상한 밤이었다. 불과 몇 시간 전까지 세아에 관해서는 아무것도 몰랐다. 아이들이 수군거리는 소문 따위군이 신경 쓰고 싶지 않았다. 그런데 세아의 집에서 꼭꼭 숨겨놓았던 녀석의 속마음을 보게 되었다. 너무 자연스럽게, 마치 약속이라도 했던 것처럼…….

“내 얘기만 했잖아. 너는 어떻게 된 거야? 왜 거기에 있었어?”

세아가 물었다. 이수가 가만히 두 손을 내려다보았다.

“할머니가 병원에 입원하셨어.”

“편찮으셔?”

이수가 천천히 고개를 내저었다.

“칼에 손을 베이셨는데 심하진 않대.”

“다행이네. 그런데 입원까지 하셨어?”

“치매가 왔대.”

이수가 툭 한마디를 꺼내 놓았다. 그것은 입이 아닌 가슴에서 나온 소리였다. 세아에게선 아무 질문도 돌아오지 않았다. 그래서 다행이라 생각했다. 물어 봤자 대답해 줄 말이 없었다. 이곳은 섬과 달리 어둠을 싫어했다. 밝고 낯선, 어지러운 육지의 밤이 깊어 갔다.

9.

# 이수

할머니는 솔도로 가는 내내 침묵했다. 병원으로 찾아온 이수에게 학교에 대해 물은 것이 전부였다. 이수는 괜찮다고 대답했다. 할 수 있는 말은 그것밖에 없었다. 움푹 파인 눈꺼풀과 진회색 눈동자가 느리게 끔뻑였다. 두 사람이 병원을 나서자 창백한 아침 햇살이 붕대 감긴 손 위에 내려앉았다. 사라지는 기억도 저렇듯 꽁꽁 싸맬 수 있다면 얼마나 좋을까? 이수가 할머니 옆에서 천천히 보폭을 맞췄다.

담임에게 전화가 온 것은 배를 기다리는 선착장에서였다.

“할머니께서 편찮으시다고, 세아가 그랬다.”

이수는 아침 일찍 세아의 집에서 나왔다. 습관처럼 날이 밝기 무섭게 눈이 뜨였다. 조심히 현관으로 향하던 이수가 가방 속 노트와 펜을 꺼냈다.

재워 줘서 고마워.

머뭇거리던 손이 다시 움직였다.

그리고 이야기해 줘서.

결석하겠다는 말은 쓰지 않았다. 세아에게 괜한 부담을 주기 싫었다. 그런데 담임에게 대신 말해 준 모양이었다.

"사실이냐?"

담임이 물었다. 이수는 할머니를 바라보았다. 질문의 의도가 무엇인지 알 것 같았다.

"어제 입원하셨는데 오늘 퇴원하셨어요."

"그래, 다행이구나."

뜸을 들인 담임이 말을 이었다.

"혹시 세아랑 친하니?"

"네?"

이수가 되물었다.

"그 녀석이 괜히 너……."

담임이 잠시 침묵했다.

"친해요."

이수가 대답했다.

"알았다."

그 말을 끝으로 전화가 끊어졌다. 누가 먼저 통화를 종료했는지 알 수 없었다. 하지만 담임이 세아를 전혀 모른다는 사실은 확신할 수 있었다. 아니, 세아 외에도 담임이 반에 아는 아이들은 없었다. 더 정확히는 믿고 싶은 아이들이 없을 것이다.

사람들이 하나둘 자리에서 일어났다. 이수가 할머니와 함께 배에 올랐다. 지금쯤 학교는 수업 중일 터였다. 이 시간에 섬으로 들어가는 배를 타니 기분이 이상했다. 시간을 홀로 거슬러 가는 느낌이었다. 몇몇 사람들이 할머니를 알아보고는 소곤거렸다. 붕대 감긴 왼손을 연신 곁눈질했다. 그들의 소음을 삼키며 배가 천천히 물살을 갈랐다.

"내가 어디 고장이 난 모양이야."

배를 타고 가는 동안 할머니가 내뱉은 유일한 말이었다. 언제부터 알아차렸을까? 혹여 원장이 귀띔했을까? 그래서 학교도 가지 않은 이수에게 아무 말 없는 것일까?

질문인지 혼잣말인지 모를 그 한마디가, 가도 가도 넘실거리는 파도처럼 끊임없이 이수를 따라왔다. 두 사람이 가는 곳은 한때는 죄인을 가둬 놓았다는 작은 섬이다.

솔도로 돌아와서도 할머니는 내내 침묵했다. 평소에도 말수가 적은 분이었다. 하지만 병원에 다녀온 후로 꼭 해야 할 말조차 삼가는 듯 보였다. 그건 이수도 마찬가지였다. 한번 닫힌 입이 좀처럼 열리지 않았다.

할머니는 집에 도착하기 무섭게 방으로 들어가 나오지 않았다. 결국 할머니도 모든 사실을 알게 된 것이다. 그 암담한 현실이 바위가 되어 가슴을 짓눌렀다. 이수는 크게 어깻숨을 내쉬고는 바닥에 누워 몸을 말았다. 한참을 파도 소리에 귀 기울이는데 머리맡에 휴대폰이 몸을 떨었다.

—너 괜찮냐? 담임한테는 내가 말했다.

"남의 일 관심 없다면서."

이수가 힘없이 웃으며 눈을 감았다. 선명했던 파도 소리가 조금씩 멀어져 갔다.

창밖에 어스름이 내려앉았다. 이수가 두 눈을 비비적거렸다. 얼마나 오랫동안 잤을까? 세아의 집에서는 깊게 잠들지 못했다. 낯선 육지와 소리 없이 밀려드는 생각들에 머릿속이 어지러웠다. 섬에 도착한 후에야 비로소 눈을 감을 수 있었다. 파도 소리가 여전히 가까이에 있었다.

멍하니 앉아 있다 튕기듯 일어나 밖으로 나왔다. 방과 마루, 욕실과 마당, 그 어디에도 할머니가 보이지 않았다. 아픈 할머니를 두고 어찌 그리 태연하게 잠들 수 있는지……. 이수는 자책하며 슬리퍼에 발을 구겨 넣었다.

이수가 부서져라 횟집 유리문을 열어젖혔다. 정우 아줌마가 손님 테이블에 밑반찬을 내려놓고 있었다.

"할머니."

다급한 목소리가 터져 나왔다.

"조금 전에 나가셨어. 이수야, 이따가……."

아줌마의 말을 뒤로한 채 이수는 바다를 향해 뛰었다. 우솔과 솔도를 오가는 배처럼, 이 작은 섬에서 할머니의 동선은 늘 같았다. 조금 전에 나가셨다면, 아직 배를 타지는 않았을 것이다. 다시 뭍으로 나가려는 걸까? 이수가 선착장으로 달음박질쳤다.

배를 기다리는 사람들 사이에 할머니의 모습은 보이지 않았다. 다친 손으로 정우 아줌마네 텃밭에 가진 않았을 것이다. 그랬다면 이미 아줌마가 말했겠지.

작은 섬이 한순간 사막처럼 막막하게 느껴졌다. 어디에서 할머니를 찾아야 할지 감이 잡히질 않았다. 넋 나간 시선이 한가롭게 넘실대는 바다에 닿았다. 할머니가 어디 있는지 묻는다면, 혹여 파도는 가르쳐 주려나? 이수가 태어나기 전부터 바다는 할머니를 알고 있었다.

"어디 갔어, 할머니?"

보이지 않는 할머니에게, 철썩이는 바다에게, 바보 같은 스스로에게, 묻고 또 물었다. 하지만 아무 대답도 돌아오지 않았다. 다만 한 가지 사실은 부정할 수 없었다. 파도가 모래를 쓸어 가듯, 시간은 할머니의 기억을 가져갈 것이다.

'어떻게 해, 할머니?'

진짜 묻고 싶은 건 따로 있었다. 몸을 돌려 터덜터덜 걷는 이수의 등 뒤에서 철썩 파도가 밀려들었다. 그 순간, 느적거리던 걸음이 한자리에 우뚝 멈춰 섰다. 파도 소리에 귀를 기울이자 희미하게 대답이 들려왔다. 어쩌면 바람의 목소리인지도 몰랐다. 이수가 숲길을 향해 정신없이 뛰기 시작했다.

관광객들이 찾지 않는 섬의 뒤편에서 오도카니 앉은 뒷모습을 발견했다. 이수가 허벅지에 두 손을 얹고 가쁜 숨을 몰아쉬었다.

1년에 단 하루, 남자와 엄마가 죽은 날, 할머니는 이곳에 앉아 바다를 보았다. 왜 여기를 생각지 못했을까? 파도가 알려주지 않았다면, 지금도 엉뚱한 곳에서 할머니를 찾아 헤맸을 것이다. 할머니를 부르려다 이수가 주춤했다. 바람을 타고 희미한 소리가 들려왔다. 저 멀리, 금방이라도 부서질 듯 강파른 어깨가 들썩였다. 할머니는 울고 있었다. 서럽고 애처롭게 목놓아 통곡하고 있었다. 바다를 향하던 발걸음이 천천히 돌아섰다. 여기서 무엇 하느냐는 물음은 소용없을 테니까. 지금 이수가 할머니를 위해 할 수 있는 일은 아무것도 없었다. 울음을 다 토해 낼 수 있도록 기다리는 수밖에는…….

집으로 돌아가는 길, 횟집 문이 열리며 아줌마가 이수를 불러 세웠다.

"너 나 좀 따라와."

다짜고짜 손목을 낚아채는 아줌마를 따라 돌계단에 올라섰다. 문이 열리자 알싸한 마늘 향이 밀려들었다. 횟집 2층은 아줌마가 사는 집이었다. 횟집이 유명해지자 아저씨는 건물을 높여 민박도 운영하길 바랐다. 바다가 내려다보이는 훤한 위치였고, 선착장과도 가까웠다. 그러나 이 좋은 계획에 반대를 한 사람은 바로 아줌마였다.

'횟집도 힘들어 죽겠는데, 뭔 민박까지 하라고 난리야. 하나밖에 없는 마누라 못 부려 먹어서 안달이 났지?"

그 말이 그럴싸한 연극임을 이수는 눈치챌 수 있었다. 만약 아줌마가 민박까지 한다면 다른 민박집들의 타격이 클 테니까.

'네 할머니한테 배운 손맛으로 먹고사는데 말 잘 들어야지. 그 양반이 뭐라 하냐. 괜한 욕심에 남한테 원한 사는 일 하면 안 된다잖아.'

아줌마는 누구보다 섬 이웃들을 아끼고 살폈다. 그 마음을 알기에 사람들도 순순히 할머니를 받아들인 것이다. 아줌마는 그 후로도 민박 문제로 몇 번인가 아저씨와 마찰을 빚었다. 섬에 살더니 생각도 좁아졌다며 투덜거리는 남편에게 아줌마는 끌끌 혀를 찼다.

'말은 똑바로 합시다. 바다 한가운데 떠 있는 건 섬이나 배나 마찬가지 아니요? 그럼 섬이 크지, 배가 크겠어? 나는 섬만큼이라도 생각하지만, 당신은 딱 그 배만큼만 생각하는 거요.'

먼바다에 나가 있다 해도, 결국 아저씨가 딛고 있는 건 좁은 배라는 뜻이었다. 바다를 눈앞에 두고도 생각의 크기는 각기다를 테니까.

횟집이 호황을 누릴수록 근처에서 민박하는 집들도 손님으로 북적였다. 아저씨는 적잖이 못마땅해했지만, 아줌마는 오히려 안도했다.

'내일 급한 일 있으신가? 없으면 그냥 하룻밤 묵어요. 이 섬은 창문 밖이 다 그림이야. 뭐 얼마나 바쁜 인생이라고 그리 서두르시나.'

이수는 문득 인간을 떠올렸다. 한 사람이 얼마나 많은 이들을 아프게 하고, 다른 한 사람이 얼마나 많은 이들을 도울 수 있는지를…….

"밤 삶아 놓은 거 있는데."

"그냥 말씀하세요."

이수를 거칠게 잡아끌던 아줌마였다. 그런데 막상 눈앞에 앉혀 놓으니 입이 떨어지지 않는 듯했다. 아줌마가 까맣게 탄 손으로 이마를 매만졌다.

"지금부터 내가 하는 말 잘 들어라."

이수가 식탁 위의 마늘이 담긴 광주리를 보았다. 아줌마는 김치를 담글 모양이었다. 바닷가답게 김치에 젓갈이 많이 들어갔다. 이곳 사람들은 젓갈이 들어가야 감칠맛이 나고, 시원하다 했다.

'국물이 장난 아니다. 속이 확 풀리네.'

엄마는 김치찌개를 먹으며 말했다. 비법을 묻는 엄마의 질문에 할머니가 대답했다.

'묵은지가 잘 익었어.'

그러고는 천천히 먹으라며 이수에게 물을 떠 주었다. 급식 외엔 사흘 만에 처음 먹는 밥이었다. 집에서는 걸핏하면 컵라면으로 때웠다. 냉장고는 늘 비어 있었다.

'너 그냥 할머니랑 살아라. 맨날 맛있는 거 먹을 수 있잖아.'

엄마가 키득키득 소리 내어 웃었다. 그 한마디가 어떤 부메랑이 되어 돌아올지 그 순간엔 누구도 몰랐다. 이수와 엄마, 주방에서 반찬을 내오던 할머니까지도.

"이수야."

아줌마의 부름에 이수가 멍한 얼굴로 고개를 들었다. 갑자기 왜 그날 일이 떠올랐는지 알 수 없었다. 할머니의 뒷모습을 봐서, 갑자기 마늘 향을 맡아서, 그것도 아니라면…….

"사실 나도 언제부턴가 너희 할머니가 좀 이상하다 싶었다. 손님상에 진작 매운탕 나갔는데 또 끓이질 않나. 네 운동화 부탁한 일도 까맣게 잊어버리고."

아줌마의 목소리가 조금씩 젖어 들었다.

"바빠서 그런가 보다 했다. 나도 바쁠 때는 앞치마 허리에 두르고 앞치마 찾는 사람이니까. 너희 할머니는 오죽할까 싶었다. 그래도 설마설마했는데……."

아줌마는 손바닥으로 연신 눈가를 훔쳤다.

"할머니 원하는 대로 해 드리자."

할머니가 횟집에 찾아왔으리라 생각했다. 정확한 이유까지는 짐작할 수 없었다. 아니 영영 알고 싶지 않았다. 이수가 참지 못하고 우둑우둑 손마디를 꺾었다.

"우선 학교 근처에 작은 빌라라도 한 채 얻어서……."

"저 말고 할머니 얘기 해요."

이수가 차갑게 말허리를 잘라 냈다. 아줌마의 눈에 또다시 눈물이 고였다. 붉게 충혈된 두 눈을 모른 척하고 이수가 바닥을 내려다보았다.

나뭇결이 찍혀 있는 장판이었다. 둥근 나이테와 옹이 무늬가 선명했다. 어떤 문양은 부엉이 눈 같기도, 어떤 문양은 불에 그을린 자국 같기도 했다. 여기저기 얼룩이 묻은 듯 보이기도 했다. 오래전 그날도 사방이 붉은 얼룩으로 물들어 있었다.

머뭇거리던 아줌마가 간신히 입을 열었다.

"요양 병원에 들어가신단다."

바닥에 찍힌 부엉이 눈이 이수를 노려보았다.

어떻게 집에 왔는지 기억나지 않았다. 댓돌 위에 할머니의 신발이 가지런했다. 이수가 문을 열고 안으로 올라섰다. 불 꺼진 마루에 냉기가 고여 있었다.

방문을 열자 바닥에 웅크리고 잠든 할머니가 보였다. 이수가 장롱에서 이불을 꺼내 덮어 주었다. 두 눈가가 부어 있었다. 얼마나 오랫동안 울었을까? 그 눈물 속에 얼마나 많은 기억을 흘려보냈을까? 이수가 잠든 할머니를 내려다보았다.

'최 영감님도 작년에 요양 병원 들어가셨잖아. 뭍에 나갈 때면 하얀 중절모를 챙겨 쓰던 그 반듯하신 양반이 어느 날 속옷만 입고 나오시질 않았겠니. 너희 할머니도 그 병원 들어간다고 하셨다. 할머니 성격 모르냐? 정신 놓기 전에 하루라도 빨리 제 발로 가신다고 한다. 그 마음이 뭔지 나는 알겠다. 내가 너희 할머니라도 분명 그렇게 했을 거야.'

투명한 해일이 섬을 집어삼켰다. 가만히 있어도 발밑이 울렁거렸다. 이수는 오래전 할머니를 떠올렸다. 앙상한 나뭇가지 같은 손을 내밀며, '너 나랑 가자.' 말하던 그 모습을. 그때는 무조건 따라가야 한다고 믿었다. 이유도 모른 채 꼭 그래야 할 것 같았다. 하지만 시간이 지날수록 물음표는 점점 더 몸피를 키웠다. 대체 왜 할머니가 자신을 거뒀는지. 이수는 남자의 아이도, 할머니의 손주도 아니었다. 크나큰 비극을 몰고 온 불길한 씨앗에 불과했다.

사람들은 결코 할머니를 이해하지 못했다. 자신의 잘못을 포장하기 위해, 남은 아이에게 한풀이를 하기 위해, 누군가는 충격으로 미쳐서라고까지 했다. 하지만 그 어느 것도 두 사람이 함께 사는 이유는 되지 않았다. 할머니를 이해하지 못한 건 이수도 마찬가지였다. 왜 나를 찾아왔고, 함께 살자 했는지……. 내가 누군지 다 알고 있으면서 대체 왜?

그러나 단 한 번도 묻지 못했다. 할머니 입에서 어떤 대답이

나올지 두려웠다. 혀끝에 맴돌던 질문은 그렇게 깊은 심연 속으로 가라앉았다. 이제는 영원히 물을 수 없으리란 생각이 또 다시 이수를 두렵게 했다.

"지금이라도 물으면 답해 줄 거야?"

할머니는 뒷산의 바위처럼 꼼짝하지 않았다. 파도가 할머니의 기억을 어디까지 앗아 갈지 알 수 없었다. 이수가 뒤돌아 방을 나왔다.

자정이 넘은 시각이었다. 방 안 가득 삐거덕 소리가 울려 퍼졌다. 잠시 뒤 방문 손잡이가 돌아갔다. 이수가 천천히 상체를 일으켰다. 어둠에 부풀어 오른 동공 속으로 작은 그림자가 비쳤다. 처음처럼 놀라지 않았다. 오늘 밤 할머니가 올지도 모른다 생각했고, 그 예감은 적중했다. 어쩌면 이수는 할머니를 기다리고 있었는지도 몰랐다.

어스름 달빛이 방 안 깊숙이 스며들었다. 벽시계의 초침 소리가 커질수록, 할머니의 실루엣도 점점 선명해졌다. 할머니를 불러야 하는데, 이수는 아무 말도 할 수 없었다. 소리를 냈다간 눈앞의 할머니가 모래성처럼 허물어질 것 같았다.

할머니가 이수 앞으로 다가와서는 어린아이처럼 쪼그려 앉았다.

"깼냐?"

"……."

"어미 왔다."

그 한마디에 심장이 내려앉았다. 지금 할머니 눈에 누가 보이는지 알 수 있으니까. 수분이 모두 빠져나간 강파른 손이 이수의 얼굴을 어루만졌다.

"많이 서운했지? 어미가 어떻게 너한테 그럴 수 있나, 화나고 속상했지? 그런데 어쩔 수 없었다. 다 풀어, 이 녀석아. 다 못난 이 어미 잘못이니까 제발 다 풀어라."

움푹 파인 눈가에 엷은 미소가 번져 나갔다.

"어미는 평생 눈칫밥만 먹고 살았다. 어릴 때는 뱃일도 못하는 쓸모없는 계집으로 태어났다고 눈치 주고. 결혼해서는 애 못 낳는다고 구박하고. 간신히 애가 들어서니까 이제 서방 잡아먹었다고 손가락질하고."

어둠 속에 허허로운 웃음소리가 머물다 사라졌다.

"내가 원해서 계집으로 태어난 것도 아니요, 네가 들어서고 네 아버지 떠난 것도 원한 적 없는데, 사람들은 왜 그리 나를 구박하고 미워했는지 모를 일이다. 내가 뭘 그리 큰 잘못을 했다고."

"……."

"그래서 너는 절대 눈칫밥 안 먹이고 키우려 했다. 아비 없는 자식이라 무시당할까 네가 원하는 것은 뭐든지 해 주려 했지. 그런데 내 생각이 잘못이었던 모양이다. 네가 해 달라는 거, 원하는 거, 무조건 다 들어주지 말 것을 그랬어."

할머니의 손이 힘없이 떨어졌다.

"공부시킨다고 멀리 보내지 말고, 그냥 어미 옆에 두고 횟집이나 했으면 좋았을걸. 네가 사업한다고 밖으로 돌 때, 한 번만 도와달라 할 때, 차라리 매몰차게 모른 척했으면 좋았을걸. 그 여자랑 결혼한다 했을 때 기를 쓰고 말렸더라면, 이런 일은 일어나지 않았을 텐데."

할머니가 말을 멈추고는 조용히 웃었다.

"어쩐 일로 우리 아들이 얌전히 듣고 있을까. 툭하면 불뚝불뚝 화만 내던 녀석이. 이제 어미 말 잘 듣기로 했어?"

이수가 천천히 고개를 끄덕였다. 할머니가 그제야 함박웃음을 지었다. 그 미소가 한겨울 칼바람이 되어 가슴을 얼렸다. 날카롭게 베어 놓고 산산이 부서뜨렸다. 이수가 어금니를 사리물었다. 금방이라도 눈물이 터질 것 같았다. 점점 더 숨이 막혀왔다.

"그래. 이제라도 어미 말 잘 들어. 그러니까 아무도 원망 말고, 아무도 미워하지 마라. 그래야 네가 편안하다. 어미 야속하고 괘씸하게 생각하는 거 안다. 네가 어떻게 갔는지 다 아는데, 어찌 우리 엄마가 나한테 그럴 수 있었을까? 서운하고 화나는 거 잘 알아."

"……."

"그 애 눈에서, 옛날의 나를 봤다. 그냥 놔두면 안 될 것 같았어."

"……."

"그래서 내가 했다고 그랬다."

숨죽인 채 뛰던 심장이 결국 멈춰 버렸다.

"지금 무슨……."

간신히 입을 열자 못으로 벽을 긁어내리는 소리가 새어 나왔다.

"내가 한 거다. 그 어린것은 아무것도 몰라."

어둠 속에서 할머니의 얼굴이 빙글빙글 돌아갔다. 하나에서 여럿으로 흩어지기 시작했다. 이수가 정신을 차리려 두 눈에 힘을 주었다. 보이지 않는 손이 머릿속을 엉망으로 헤집고 있었다.

"그러니 원망하려거든 나를 탓해."

할머니의 주름진 입술이 파리하게 떨렸다. 회색 눈동자에서 굶주린 산짐승처럼 안광이 뿜어져 나왔다. 할머니가 겁에 질린 얼굴로 세차게 고개를 내저었다.

"아니다. 절대 아니야. 그 어린것은 그냥 바닥에 떨어진 칼을 치우려 했다. 무서웠겠지. 제 어미가 그렇게 널브러져 있는데 왜 아니겠냐? 쥐고만 있었다. 그래, 손에 쥐고만 있었다고. 그런데 네가 술에 취해 휘청거렸어. 내가 넘어지는 너를 붙잡지 못했다. 내가 너를…… 내가 너를…… 붙잡았어야 했는데. 그러질 못했다. 그 어린게 뭘 알겠니."

나뭇등걸처럼 거친 손이 이수의 얼굴을 쓰다듬었다.

"뭘 알겠니? 네가, 네가, 뭘 알겠니?"

가만히 이수를 바라보던 할머니가 선뜩 자리에서 일어나 황망히 빠져나갔다. 환영처럼 소리 없이 사라졌다. 어쩌면 이 모든 것이 꿈인지도 몰랐다. 그러나 벽시계의 또렷한 초침 소리가 현실임을 증명했다. 이수가 솟구치듯 박차고 방문을 열어젖혔다.

"그게 무슨 말이야. 내가 뭘 모르는데?"

섬은 짙은 어둠과 추위에 파묻혀 있었다. 풀벌레 울음소리도 잦아들고, 바다의 호흡만이 들려왔다. 이수가 거칠게 할머니를 돌려세웠다.

"그날 무슨 일이 있었던……."

"나가."

할머니가 소리쳤다. 그러고는 힘껏 이수를 떠밀었다. 믿기지 않을 만큼 세찬 손길에 껑충한 몸이 주춤주춤 뒤로 밀렸다.

"할머니."

"어서 나가. 너는 여기 온 적 없어. 알아들어? 당장 나가, 썩."

어둠 속에서 할머니의 두 눈이 광기로 번득였다. 바싹 마른 두 손이 부들부들 떨렸다. 이수가 무너지듯 주저앉았다. 할머니는 핏기가 사라진 창백한 얼굴로 온몸을 떨고 있었다. 집 안 가득 정체를 알 수 없는 냄새가 밀려들었다. 온갖 반찬이 뒤섞인 역한 냄새였다. 그 틈새로 비릿한 피 냄새가 고여 있었다. 파도가 푸른 손톱을 세우고 머릿속을 할퀴었다. 짙은 해무가

걷히고 흐릿하게 남아 있던 그날이 선명히 되살아났다. 이수가 자신의 두 손을 내려다보았다. 6년 전, 이 손으로 꽉 움켜잡았던 것이 무엇인지 기억났다. 거칠게 이수를 밖으로 내몰던 손길이 누구의 것이었는지도 떠올랐다.

"이 일을 어쩌면 좋을까. 어쩌면 좋을까."

할머니가 주문을 외듯 중얼거렸다. 초침은 쉼 없이 움직이는데, 이상하게 새벽이 올 것 같지 않았다. 이수와 할머니 두 사람 모두 영원한 밤에 갇혀 버렸다.

## 10.

# 소금

바다가 짙은 쪽빛으로 넘실거렸다. 그 푸른빛에 하늘도 파랗게 물들었다. 구름으로 단장한 듯 새하얀 바닷새가 허공에서 날갯짓했다. 늦가을 뒷산의 나무들이 제 안에 숨겨 놓은 색을 내비쳤다. 섬이 알록달록해졌다. 연신 카메라 셔터를 누르는 사람들 틈에서 심상한 얼굴들이 그들의 일터인 바다로 향했다. 이제 머지않아 섬도 구름과 바닷새처럼 하얀 눈 이불을 덮을 것이다.

이수가 좁은 마당에 서서 멀리 바다를 굽어보았다. 학교에 안 간 지 벌써 일주일이 흘렀다. 그사이 몇 번인가 전화가 왔다. 담임은 정말 할머니가 아픈지, 혹여 학교에 나오지 않는 다른 특별한 이유가 있는지 물었다. 그러고는 슬그머니 세아 이름을 흘렸다.

"요즘 애들이 어쩐지 그 녀석 눈치를 보는 것 같던데. 너도 혹시…….”

눈치를 보는 사람은, 분명 기윤일 것이다. 세아의 이름은 콕 집어 말하면서 왜 기윤은 뭉뚱그려 ‘애들’이라고만 할까? 괜한 신경을 쓸 여유가 없음에도, 이수는 어쩐지 그 말이 거슬렸다.

“기윤이가 조용하죠?”

“너 뭐 알고 있는…….”

“기윤이가 어떤 여자애를 몰래 찍었는데, 세아가 하지 말라고 했어요.”

“…….”

“할머니는 오늘 요양 병원에 입원하세요. 정리되면 학교 갈게요.”

이수가 먼저 종료 버튼을 눌렀다. 유치한 고자질이었을까? 쓸데없는 오지랖? 아마 둘 다일 것이다. 어쩌면 세아를 향한 진심인지도 몰랐다. 그 애에 대해 모르는 사람들이 이러쿵저러쿵하는 것이 듣기 싫었다. 할머니의 진실을 모르는 사람들의 수군거림이 듣기 싫었듯. 이수가 몸을 돌려, 댓돌 위 까만 슬리퍼를 굽어보았다.

일주일 사이 할머니는 급격히 변해 갔다. 젓갈 없이는 수저를 들지 않던 할머니였다. 몸속에 차곡차곡 쌓아 간 소금을 홍수처럼 밀려온 시간이 흔적 없이 녹여 버렸다. 그런 할머니를 보며 아줌마는 마당에 주저앉아 엉엉 소리 내어 울었다.

아무리 붙잡으려 해도, 계절은 변할 것이다. 섬의 가장 아름다운 풍광만이 몇몇 작가들의 사진 속에 영원히 남을 뿐이다. 결국, 몇 장의 추억으로만 남는 인간의 삶처럼.

"내가 이러고 있으면 안 되는데. 빨리 가서 우리 염소 새끼 풀 먹여야 하는데. 생선 손질해 말려야 하는데."

할머니는 기억을 잃은 것이 아니라 오래전 모습으로 되돌아온 것인지도 모르겠다는 생각이 들었다. 어릴 적 산에서 새끼 염소를 돌보던 그때로. 볕 좋고 바람 선선한 날, 생선을 채반에 말리던 그 안온하고 평화롭던 시간으로……. 겨울이 지나 봄이 오듯 인간의 시간도 그렇게 순환하는 것이 아닐까. 아이가 자라 어른이 되었다 다시 아이로 돌아가는 것이 삶이라면, 이수는 할머니의 변화를 충분히 이해할 수 있었다.

사흘 전 할머니는 바다로 들어갔다. 이수가 까무룩 잠든 오후였다. 온몸이 젖은 할머니를 둘러업고 누군가 문을 두드렸다. 그 소식에 놀란 아줌마가 한걸음에 달려왔다.

"이수야, 그만 병원에 모시자. 너를 위해서가 아니라 할머니를 위해서야."

할머니는 그때로 돌아가고 싶었을까? 이수도, 아들도 몰랐던 그 까마득한 과거로, 아무 걱정 없이 너른 바다의 품에서 뛰어놀던 푸른 시절로 돌아가고 싶었을까? 아마 그랬기에 모든 기억을 놓아 버렸겠지. 할머니가 가려던 길은, 바다가 아니었다. 오직 할머니만 알고 있는 그 어느 날을 찾아 나선 걸음이었다. 기억은 시간이 지날수록 쌓이거나 잊히는 줄 알았다.

그러나 누군가에게는 어지러운 꿈의 한 조각처럼 가슴에 박혔다가, 생각지도 못한 모습으로 불쑥 되살아났다. 이수가 하늘을 향해 두 손을 들어 보였다. 손가락 사이사이에 파란 하늘이 담겨 있었다.

심연 깊숙이 가라앉았던 것들이 서서히 떠오르기 시작했다. 갑자기 찾아오는 공황의 원인이 무엇인지 알게 되었다. 진정 두려워했던 것, 결코 꺼내 보려 하지 않았던 진실의 민낯과 드디어 마주했다. 할머니가 가슴에 묻어 두었던 비밀과도.

"뭐 하고 섰냐? 준비는 다 됐고?"

아줌마가 마당에 들어서며 물었다. 이수가 초록색 슬레이트 지붕을 올려다보았다.

"이 집에 들어올 사람이 있을까요?"

집도 외로움을 탄다 했다. 사람이 살지 않으면 고독해져 금방 허물어진다고. 언제가 될지 알 수 없지만, 이수는 자신이 돌아올 때까지 이 집이 남아 있기를, 아니 버텨 주기를 바랐다.

"글쎄다. 섬까지 들어와 살 사람이 있으려고? 그전에도 폐가였는데."

아줌마가 흘낏 이수를 곁눈질했다.

"뭍으로 가라 할 때는 귓등으로도 안 듣더니. 너도 여기 혼자 있는 거 싫지?"

할머니가 없는 집은 싫었다. 그러나 섬이 아닌 곳은 더 싫었다. 할 수만 있다면, 평생 이 작은 섬에 살고 싶었다. 지금까지 이수와 연을 맺은 사람들은 모두 자신만의 섬에 갇혀 있었다.

어디에 사는지는 중요치 않았다. 오히려 넓고 북적거리는 곳에서 홀로 섬처럼 산다면 훨씬 외로울 테니까.

이수가 집 안 곳곳을 눈에 담았다. 바람보다 긴 시간을 이 섬으로 돌아오지 못할 것이다. 눈만 뜨면 볼 수 있던 이 바다와 오랫동안 떨어져 지낼 것이다. 파도 소리가 없는 곳에서 과연 편안히 잠들 수 있을까.

"몸만 가면 되니까 짐이랄 것도 없지."

아줌마가 긴 한숨을 내쉬며 댓돌 위에 신발을 벗었다. 오늘따라 바닷새가 유난히 시끄러웠다. 할머니가 먼 여행을 떠나는 것을 아는 듯 녀석들은 오랜 벗을 배웅하러 왔다.

"아니, 이건 이수 거 아네요? 또 언제 가져다 놓으셨어."

문틈 사이로 아줌마의 잔소리가 들려왔다. 삐거덕 방문이 열리며 할머니가 마루로 나왔다. 텅 빈 동굴 같은 눈길이 잠시 이수를 바라보다 먼바다로 향했다.

"저 시퍼런 세상 지겨웠지 뭐. 평생 바다만 보고 살다 보니, 가슴에 퍼런 멍만 남았잖아요."

아줌마가 훌쩍 코를 들이마시고는 천천히 보폭을 맞췄다. 이수가 댓돌에 놓인 신발을 할머니 발에 신겨 주었다. 할머니가 이수의 발이 얼마나 자랐는지 몰랐듯, 이수 역시 할머니의 발이 이리 작은지 몰랐다. 조금만 힘을 주면 부서질 듯 앙상했다. 이렇듯 가냘픈 두 발로 용케도 거친 세상을 걸어왔구나. 그 생각이 이수의 눈가를 축축하게 만들었다.

"네가 가방 들고 앞서라."

아줌마의 한마디에 이수가 먼저 집을 나섰다. 등 뒤에서 자박자박 발소리가 들려왔다. 바닷새와 뒷산의 대나무, 파도와 백사장 모래알까지, 섬의 숨소리가 크게 느껴졌다. 멀리 할머니를 태울 배가 보였다. 과연 두 사람이 다시 솔도로 들어올 수 있을까? 이수는 자문했지만 어떤 대답도 할 수 없었다. 답할 수 없는 건 할머니도 마찬가지일 것이다.

배를 타고 솔도를 벗어날 때에도, 요양 병원에서 입원 절차를 밟을 때에도 할머니는 아무 말이 없었다. 연신 눈물을 닦는 아줌마를 무표정한 얼굴로 바라볼 뿐이었다.

"자주 올게요. 드시고 싶은 거 생기면 여기 계신 분에게 말해요. 올 때 사 올 테니까."

얼마나 울었는지 아줌마는 얼굴 전체가 벌겋게 부어 있었다.

"그렇게 꼭 데려와야 한다면서 애를 쓰더니, 이 녀석 성인될 때까지만이라도 건강하셨으면 얼마나 좋아. 너는 멀뚱히 뭐 하고 서 있어. 할머니한테 할 말 없어?"

아줌마가 팔꿈치로 쿡 옆구리를 찔렀다. 이수가 가만히 할머니의 두 눈을 마주했다.

'나 당분간 여기 못 와요. 솔도 집도 오래 비울 것 같아요. 그래도 언젠가는 돌아올게요. 그때까지…….'

할머니의 시선이 창밖으로 돌아섰다. 침묵과 무심한 얼굴,

이 모든 메마름이 할머니의 이별 방식이었다. 그러니 더 이상의 말은 필요치 않겠지. 이수가 가만히 할머니 손을 쥐었다. 5년 전, 같이 가자며 내밀던 바로 그 손을…….

"오늘은 장사 못 하겠다. 주방만 봐도 눈물 바람일 텐데."

아줌마의 눈길이 이수를 살폈다.

"내일 토요일이니까 다음 주부터는 학교 가. 언제까지 결석할 거야. 나도 주말 동안 마음 좀 다스리고 이수 네 일도 찬찬히 생각해 봐야겠다."

병원을 나서기 무섭게 아줌마가 등을 보였다. 오늘 섬마을 횟집은 문을 닫을 것이다. 손님 없는 텅 빈 가게에서 주인 혼자 술잔을 기울일지도 몰랐다.

이수가 홀로 배에 올랐다. 이제 섬에는 누구도 기다리지 않는다. 아무도 없는 휑뎅그렁한 집, 텅 빈 냉장고, 지저분한 옷과 신발로 인한 따돌림……. 이 모든 것은 오랜 시간 이수와 함께였다. 그러던 어느 날 마천루가 솟아오른 도시를 떠났다. 사람들이 북적이는 육지도 벗어났다. 거짓말처럼 할머니와의 삶이 시작되었다. 사방이 바다로 둘러싸인 작은 섬에서 이수는 처음으로 안락함과 편안함을 느꼈다. 방문을 열면 언제나 작은 뒷모습이 있었다.

바다는 여전히 짙은 쪽빛으로 일렁였다. 소금 바람에 떠밀려 구름이 느리게 흘러갔다. 무엇도 변한 것이 없었다. 멀리 보이는 솔도는 할머니의 낡은 스웨터처럼 알록달록 물들어 있었다.

집으로 돌아온 이수가 할머니 방문을 열었다. 고치처럼 웅크리고 있던 모습도, 앙상한 그림자도 보이지 않았다. 주인을 잃어버린 방에는 소금에 절인 젓갈 냄새만이 배어 있었다.

방문을 닫으려던 팔이 허공에서 멈췄다. 초점을 잃은 두 눈이 구석에 놓인 가방에 닿았다. 이수가 학교에 메고 다니던 책가방이었다. 저건 또 언제 무슨 이유로 가져가셨을까?

무언가에 이끌리듯 가방 앞으로 다가갔다. 지퍼를 열자 하얀 봉투가 들어 있었다. 마지막으로 용돈을 주고 싶었을까? 열어 본 봉투 속에는 종이가 반듯하게 접혀 있었다.

할머니의 손처럼 건조하고 뻣뻣한 감촉이 손끝에 느껴졌다. 귓가에 바스락 소리가 들렸다.

*장롱 서랍에 통장 드러 잇다. 비밀 번오는 니 생일이다.*

*뭔 일이 이쓰면 정우 어매랑 의논해라. 너 아들처롬 생각칸다.*

*보험이 잇다. 대학 갈 때 쓰려고 햇다. 수무 살 되면 니가 차즐 수 잇다.*

크고 삐뚤빼뚤한 글씨가 적혀 있었다. 대부분 돈과 집에 관한 당부였다. 아래로 내려갈수록 글씨는 점점 더 엉망으로 변해 갔다. 할머니는 사라져 가는 정신을 마지막까지 붙잡으려 안간힘을 썼다.

*그리고 마냑 내가 너한태 이상한 소리를 햇다면 잊어 버려라.*

내 정신이 없서 그러는 거니까. 절대 믿지 말고 한 귀로 흘려라.

다 거짓시다. 몽땅 다 거짓시다.

손을 움켜쥐자, 편지가 힘없이 구겨졌다. 이수가 풀썩 무릎을 꿇었다.

"거짓말은 누가 했는데. 지금까지 다 아닌 척했잖아. 여기서 어떻게 더 모르는 척하라고. 나는 그러면 안 되잖아. 적어도 나는……."

지금껏 단 한 번도 눈물을 보이지 않았다. 병원을 나오며 그 흔한 인사 한마디 건네지 못했다. 눈물 따위 오래전에 말라 버렸다. 이 많은 눈물이 몸 안 어디에 고여 있었을까? 이수가 바닥에 엎드려 엉엉 소리 내어 울었다. 섬 깊숙이 밀고 들어온 파도가 천천히 뒷걸음질 쳤다. 해변을 종종거리던 물새들이 푸드덕 하얀 날개를 펼쳐 날아올랐다. 한번 터진 눈물은 좀처럼 마르지 않았다. 소금 눈물이 뚝뚝 바닥에 떨어졌다.

이수가 마루에 걸터앉아 바다를 바라보았다. 태양이 바다 위에 몸을 누이며 반짝이는 은빛 융단을 깔았다. 바람 끝에 싸늘한 겨울이 묻어 있었다.

아줌마는 학교 근처 빌라를 알아본다 했다. 몇 번이나 망설였지만, 이수는 끝끝내 진실을 털어놓지 못했다. 그러나 진실이란 잡초와 같았다. 언젠가는 어떻게든 세상에 드러나기 마런이다. 결국 시간문제다.

무엇이 진실이고 어디까지가 사실인지 이수도 알 수 없었다. 두렵지 않다면 거짓말일 것이다. 하지만 할머니를 생각하면, 일렁이던 마음이 차분해졌다. 눈에 보이지 않더라도 바닷속에는 또 다른 세상이 있다. 하늘에도 길이 있고 우주에도 질서가 존재한다. 기억에서 지워 버렸다 해서, 없던 일로 사라지지 않는다.

문밖에서 들려온 인기척에 이수의 시선이 돌아섰다. 키 작은 담장 너머로 기웃이 안을 살피는 사람은…….

"어? 섬마을 소년이다. 내가 맞게 찾아왔네."

다름 아닌 세아였다. 이수의 동공이 크게 부풀어 올랐다.

"네…… 네가 어떻게……."

"문부터 열어."

세아가 주머니에서 사탕을 꺼내며 말했다.

섬의 가장 안쪽에 있는 집이었다. 드나드는 이는 할머니와 이수 외엔 정우 아줌마가 유일했다. 사람보다 바람과 파도 소리, 새들이 더 많이 찾아왔다.

"와! 너는 맨날 이런 풍경을 보고 사는 거야?"

하늘이 서서히 빛을 거두기 시작했다. 검은 세상에 달이 뜨면 바다는 은백색으로 반짝일 것이다. 한 점으로 멀어졌던 고깃배들이 하나둘 항구로 돌아왔다.

"어떻게 왔어?"

이수의 물음에 세아가 싱긋이 미소 지었다.

"배 타고 왔지."

"올 거면 전화라도……."

이수가 말을 멈추고 아차 싶은 표정을 지었다.

"전화했지. 아주 많이 했지. 그런데 하면 뭐 해."

휴대폰은 한참 꺼 둔 채였다. 특별히 연락 올 곳도 없지만, 담임의 문자가 신경 쓰였다. 할머니가 입원했으니 다시 켜야 하는데, 그만 깜빡 잊었다. 무슨 일이 있다면 병원에서 아줌마에게 연락이 올 것이다. 가족 연락처에 아줌마 번호가 먼저 기록되었으니까.

"죽었는지 살았는지 확인차 왔다."

"집은 어떻게 찾았어?"

세아가 제 가슴을 가리켰다. 엄지손가락 끝에 학교 마크가 있었다.

"너 의외로 유명하더라. 사람들이 다 너 찾아왔느냐고 먼저 물어보던데? 저기 아래 큰 횟집 사장님은 다짜고짜 손을 덥석 잡더니 찾아와 줘서 고맙다고 눈물까지 글썽이시잖아. 나 민망해 혼났다. 참, 그 사장님이 이따 같이 오래. 회 좋아하느냐고 해서 없어서 못 먹는다고 했더니 맛있게 한 상 차려 줄 테니 너 꼭 데려오란다. 이따 회에 한잔할까? 놀라기는. 사이다 한잔하자고. 뭔 생각하는 거야?"

교복을 입은 채 배를 타는 아이는 이수가 유일했다. 똑같은 교복을 입은 녀석이 배에서 내렸으니 누구를 찾아가는지 다들 쉽게 눈치챘겠지.

"여기 참 좋다."

세아가 두 손을 등 뒤로 뻗었다.

"너는 어때?"

풍광에 대해 묻는 건 아닐 것이다. 그간의 상황을 묻고 있었다.

"그때 너 나한테 뭐 물어보고 싶었던 거야?"

이수가 되물었다. 사탕을 먹던 세아가 두 눈을 동그랗게 떴다.

"뭐야, 뜬금없이. 네 기억력이 비상하다고 남들도 다 너 같은 줄 착각하지 마."

이수는 그날을 떠올렸다. 세아가 자신의 상처를 내보인 밤. 결국 노인을 찌르지 못했다는 세아에게 그렇게 말했었다.

'그래도 잘한 거야. 찌르지 않은 건.'

분명 이상하게 들렸을 것이다. 다 알고 있다는 듯한 한마디……. 사실 이수도 알지 못했다. 자신이 왜 그렇듯 다 아는 것처럼 말했는지.

"나가는 배 없어."

"삼겹살 굽는 것도 아니고, 뭔 얘기가 사방으로 튀어."

고기 기름 튀는 만큼만 삶이 예측 가능하다면 얼마나 좋을까? 이수의 입가에 씁쓸한 미소가 스쳤다.

"누굴 바보로 아네. 마지막 배인 줄 알고 탔어. 야, 사람이 신세를 졌으면 갚을 줄 알아야지. 나 오늘 여기서 자고 간다."

세아가 슬쩍 집 안을 살폈다.

"할머니 요양 병원에 계신다며."

"……."

"나 횟집 사장님한테 20분이나 붙잡혀 있었어. 제법 상세한 브리핑을 들었다고."

지금껏 이수를 찾아 솔도까지 온 친구는 단 한 명도 없었다. 아줌마는 분명 각별한 사이라 짐작했을 것이다.

"네 걱정 많이 하셨어. 좋은 분이더라. 네가 둘째 아들이라던데?"

바다에 점점 더 어둠이 내려앉았다. 세아가 가슴 깊숙이 바람을 들이켰다.

"그런 분이 가까이 있어서 좋겠다."

아줌마와 할머니, 그리고 이수는 피 한 방울 섞이지 않았다. 하지만 유일하게 가족이라 부를 수 있는 존재였다. 가족은 그런 사람들이라고 이수는 생각했다.

"유전자 따위 별거 아니더라."

이수의 마음을 읽은 듯 세아가 말했다. 꼰대라 부르는 아빠를, 먼 나라에서 새로운 삶을 살아가는 엄마를, 어쩌면 세상에서 세아를 가장 잘 알고 있던 한 분을 떠올리고 있을 터였다. 두 사람이 말없이 은백색 바다를 바라보았다. 이수는 문득 담임에게 했던 말이 떠올랐다. 대놓고 세아를 의심하는 행동이 싫었다. 자신도 모르게 친하다는 말이 불쑥 튀어나왔다. 어쩌면 세아와는 정말 친한지도 몰랐다. 이렇듯 아무 말 없이도 편안함이 느껴지니까.

"그런데 네 이름. '수'도 한자 맞지? 무슨 뜻이야?"

생각지도 못한 질문이었다. 이수가 무심한 목소리로 답했다.

"수요일 할 때 수."

'그럼 물 수(水)?' 되물으며 세아가 손끝으로 관자놀이를 긁적였다.

"뭐 바닷가에 사니 어울리긴 하네."

세아는 모른다. 이수가 어디에서 살았고 어떻게 이곳까지 오게 됐는지. 이수도 모르기는 마찬가지였다. 지난 시간들이 희미해지기 시작했다. 할머니의 기억처럼.

"나 국어 시간에 심심해서 사전에 네 이름 검색해 봤다?"

사탕을 담배처럼 물고 다니고, 음료수를 술처럼 들이켜는 녀석이었다. 그리고 가슴에 깊은 심연이 있는 아이였다. 엉뚱하고 재미있지만 좀처럼 그 속을 알 수 없었다. 어떻게 사전에 이름을 검색해 봤을까?

"야, 그렇게 보지 마. 그냥 내 이름 뜻이 하도 웃겨서 남의 이름도 찾아보는 습관이 있어."

세아가 사탕을 한쪽 볼에 밀어 넣고는 주머니에서 휴대폰을 꺼냈다.

"'이수'라는 단어가 의외로 뜻이 여러 가지더라. 과목을 이수(履修)했다는 뜻도 있고, 물을 잘 이용한다는 의미의 이수

(利水)도 있고. 흙이 풀어져 흐려진 물이란 뜻의 이수(泥水)도 있어. 물에서 떠 올라간다는 뜻의 이수(離水)도 있고, 장미과 나무 중에도 이수(李樹)가 있더라."

"또 있잖아."

이수가 말했다.

"또 다른 뜻이 있어?"

세아가 되물었다.

"이수(移囚). 죄수를 다른 곳으로 옮기다."

관자놀이에 세아의 눈길이 느껴졌다. 이수가 물끄러미 검은 바다를 바라보았다. 문득 요양 병원이 섬에서 너무 멀다는 생각이 들었다. 그곳에서는 파도 소리가 들리지 않을 텐데. 자장가가 없는 곳에서 할머니는 편히 주무실 수 있을까? 뒤늦은 걱정이 들었다.

"여기 원래 수인도였대. 죄수들 가둬 놓는 곳."

바다에 시선을 둔 채 이수가 말했다.

"그때도 억울하게 죄인이 된 사람이 있었겠지?"

세아의 두 눈도 바다로 향했다.

"있었겠지. 아주 억울한 사람이."

도망칠 수도, 벗어날 수도 없는 마음의 감옥에 갇힌 사람이 있었을 것이다. 그건 지금 옆에 나란히 앉은 사람도 마찬가지라고 이수는 생각했다.

"그러는 네 이름은 무슨 뜻이야?"

이수의 물음에 '쳇.' 소리가 먼저 돌아왔다.

"깨끗하단 의미의 세(洗), 아이 아(兒). 한마디로 '깨끗한 아이'란 뜻인데 웃기지 않냐? 깨끗하긴 무슨. 이름이 신세아라서 내 신세가 이 모양인가 보다."

깨끗한 아이라. 이수가 고개 돌려 세아의 옆모습을 바라보았다.

"어울리네."

"욕을 해라. 그나저나 네 소라게는 여전하다."

세아가 진지해진 분위기를 바꾸려는 듯 부러 큰 소리로 말했다.

"왜, 무슨 일 있어?"

말도 안 되는 시비라도 걸었는지 괜스레 걱정이 앞섰다.

"무슨 일 있지. 아주 큰 일이 있었지. 그 자식 새로 산 휴대폰 잠금 패턴을 얼마나 복잡하게 해 놨는지, 자기가 걸어 놓고 자기가 못 풀고 있어."

세아의 키득키득 웃음소리에 이수의 얼굴에도 미소가 번졌다. 지금껏 기윤에게 끌려다닌 건, 비단 할머니 때문만은 아니었다. 가슴속 밑바닥에 가라앉은 진실이 떠오를까 두려웠다. 사람들은 흔히 그 공포를 양심이나 죄책감이라 불렀다. 이수가 벗어나지 못한 건, 결코 기윤이 아니었다.

"참! 나 전에 다니던 학교에서 연락 왔다."

"연락?"

세아가 크게 고개를 끄덕였다.

"그때 상담실에 불려 갔던 애가 어떻게 알아냈는지 나한테 전화했더라. 그 선생 결국 학교에서 쫓겨났다나? 처음에는 잘못 맞섰다가 생기부에 불이익이라도 당할까 무섭고 걱정됐대. 당연히 그럴 만도 하지. 그런데 엉뚱한 내가 전학 가는 걸 보고 이건 아니다 싶었대. 그동안 그 인간한테 추행당한 애들이 모였고, 몇몇 남자애들도 증인으로 나섰대. 학교 뒤집혔나 봐. 진즉에 용기 못 내서 미안하다는데, 걔네가 미안할 게 뭐 있어. 잘못 저지른 인간이 문제지. 그 소식 듣는데 괜히 기분이 이상하더라."

세아가 느낀 감정은 반가움과 기쁨, 그리고 안타까움일 것이다.

"네가 전에 그랬지?"

세아가 '뭘?' 하고 눈빛으로 되물었다.

"가해자 한 명에 너무 많은 피해자가 나온다고. 그 반대인 경우도 있을 거야."

"……."

"한 사람으로 인해 많은 이들이 어려움에서 벗어날 수도 있잖아."

언젠가 세아가 말했다. 온 세상이 나 하나 잘못되기를 바라는 날이 있었다고. 그런데 하루가 아닌, 평생을 그런 기분으로 살아간 사람도 있었다. 너무 많은 불행과 아픔이 끝도 없이 밀려오는 삶. 이수가 조심스레 주머니 속 편지를 만져 보았다.

"기억력이 너무 좋아도 문제다."

세아가 풋, 웃었다.

"여긴 섬이니까. 말이 밖으로 안 나가잖아."

할머니는 결국 하나의 섬이 되었다. 그렇게 진실을 가슴에 묻었다. 비록 우연한 사고라 해도, 칼에 찔린 건 당신의 아들이었다. 그럼에도 죄를 묻기보다, 오히려 그 아이에게 손을 내밀어 주었다. 그 어린것 역시 명백한 피해자라 생각했을까?

'그 애 눈에서, 옛날의 나를 봤다.'

혹은 불행의 연결고리를 끊어 버리려 했을까.

"인간이 참 웃기지 않냐?"

이수가 사탕을 손에 쥔 채 한숨을 내쉬었다. 보이지 않는 연기가 허공에 퍼져 나갔다.

"상상하기 힘들 정도로 악한 사람이 있고, 믿을 수 없을 만큼 선한 사람도 있으니까."

할머니의 전부를 이해하기란 불가능할지 몰랐다. 이수의 결정에 할머니 역시 수긍하기 힘들 것이다.

"그러니까 그나마 이 세상이 돌아가는 것 아니겠냐? 인간들 사이에서도 나름대로 보이지 않는 정화 시스템이 가동되고 있는 거라고."

"그중 한 사람이 너야?"

이수가 묻자 세아가 놀란 토끼처럼 펄쩍 뛰었다.

"미쳤냐?"

"네 덕분에 그 학교 애들이 목소리를 냈잖아."

"나 때문이냐? 언젠가는 밝혀질 일이었어."

그 한마디가 이수의 가슴에 묵직한 울림을 남겼다. 진실이 수면 위로 올라오는 건, 역시 시간문제다. 이수(離水)는 물에서 떠 올라간다는 뜻이라 했다.

"그래, 언젠가는 다 밝혀지겠지."

완전한 밤이 찾아왔다. 하늘과 바다, 그 위에 떠 있는 섬까지 검게 변했다. 그러나 내일이면 다시 날이 밝는다. 영원히 밤만 지속되는 세계는 없으니까. 언젠가 사람들도 세아가 어떤 아이인지 아침처럼 환히 알게 될 것이다.

"여긴 참 조용하다."

세아가 말했다.

"아니, 시끄러워."

파도가 쉼 없이 철썩이고, 소금 바람이 나뭇가지를 흔들었다. 새들은 이른 아침부터 분주했다. 강아지 한 마리가 짖기 시작하면 섬에 사는 모든 녀석이 화답했다.

"사람 소리만 없을 뿐이야."

사람들은 인간의 기척이 없으면 조용하다고 여겼다.

"하긴 인간이 만든 소리가 가장 시끄럽고 짜증 나긴 해."

두 팔에 기댄 상체를 일으키며 세아가 고개를 돌렸다.

"월요일에는 학교 나올 거지?"

이수가 고개를 끄덕였다.

"학교 가기 전에 잠깐 들를 데가 있어."

"어디?"

세아의 물음에 희붐한 불빛 속에서 이수가 엷게 미소 지었다.

"있어."

"그래, 됐다. 참! 아까 선착장에서 보니까 하절기 동절기 운행 시간이 다르더라. 왜 그런 거야?"

"여름엔 관광객들이 많아서 배가 자주 다녀."

섬은 가장 밝고 화창할 때 사람들이 찾는다. 그러나 오래 머무는 이는 없다. 사람과 사람 사이도 마찬가지일 것이다. 잠시 만났다가도 머지않아 등을 보인다. 상대가 눈 덮인 추운 겨울을 지나고 있다면 더더욱 빨리.

"역시 그렇구나. 관광객들 몰려들면 시끄럽겠다. 나는 행운이네. 사람들 찾지 않는 이런 때 오게 되어서."

하지만 때로는, 무채색인 겨울의 섬을 찾듯, 헐벗은 사람 곁에 머무는 이도 있었다. 이수가 주머니에 손을 넣어 반으로 접힌 편지를 쓰다듬었다.

"아, 좋다."

세아가 껑충한 몸을 마루에 뉘었다.

"어제 우리 꼰대한테 전화 왔다. 나한테 하도 데여서 그런가. 조용해도 불안한가 봐. 어쩐 일로 담임한테 연락한 모양이야. 나 잘 지내느냐고. 그런데 담임이 뭐라 했는지 알아?"

이수가 고개를 돌렸다. 세아가 깍지 낀 두 손으로 머리를 받쳤다.

"내가 친구도 사귀고 학교에 잘 적응했다나? 맨날 급식도 혼자 먹는데, 젠장 학교에 무슨 친구가 있다……."

세아가 말을 멈추고 흘낏 이수를 곁눈질했다.

"그러니까 빨리 학교 나와, 새끼야."

세아의 시선이 캄캄하게 빛나는 하늘로, 이수의 두 눈이 은빛 바다로 돌아섰다. 닮은 듯 다른 두 곳이었다. 소금 바람이 불어와 두 사람의 머릿결을 살며시 어루만지고 지나갔다. 밤하늘에 하얀 달이 떠오르고 있었다. 바다에 은빛 융단이 펼쳐졌다.

이수가 우솔로 가는 첫 배에 몸을 실었다. 며칠 사이에 사람들의 옷차림이 눈에 띄게 바뀌었다. 산과 들의 단장이 가벼워질수록, 인간들의 옷차림은 점점 더 두터워졌다.

긴 고민 끝에 이수는 교복을 입기로 했다. '나는 학생입니다.' 강조하려는 것 같아 망설여졌지만, 사복 차림도 이상했다. 결과가 어느 쪽이든 학교는 가야 했다. 세아랑 약속했으니까. 더는 녀석을 거짓말쟁이로 만들고 싶지 않았다.

아직 잠들어 있는 바다 위로 미끄러지듯 배가 나아갔다. 희붐하게 밝아 오는 하늘을 보다, 이수는 문득 제 두 손을 내려다보았다. 손가락을 꺾던 버릇이 거짓말처럼 사라져 버렸다.

이유를 어렴풋이 알 것 같았다. 입가에 잠시 씁쓸한 미소가 머물다 사라졌다.

선착장에는 언제나처럼 마을버스가 기다리고 있었다. 사람들이 추운 듯 서둘러 버스에 올랐다. 이수만이 정류장을 지나쳐 터벅터벅 걸었다. 멀리 편의점 불빛이 등대처럼 반짝였다. 바다가 깨어나 몸을 뒤척이는 동안 육지도 분주히 아침을 맞이했다.

한참을 걷다 보니 학교였다. 아이들이 간신히 일어나 몽롱한 정신으로 욕실에 들어갈 시간이었다. 이수가 교복 주머니에 손을 찔러 넣고는 멈추지 않고 교문을 지나쳤다.

색색의 간판에 하나둘 불이 들어왔다. 카페를 지나자 진한 커피 향이 느껴졌다. 만둣집 솥에는 모락모락 김이 피어올랐다. 정육점 앞에 놓인 소와 돼지 모양 풍선은 하늘하늘 춤을 췄다. 불 꺼진 은행과 횟집, 약국을 차례로 지났다. 2차선의 좁은 길이 넓어지며 조금 더 높은 건물들이 나타났다. 앞으로 내처 나아가던 걸음이 4차선 건널목 앞에서 멈춰 섰다. 이수가 눈앞의 키 작은 건물을 바라보고는 휴대폰을 꺼내 들었다.

"오! 있쑤, 네가 웬일이냐. 먼저 전화를 다 하고?"

귓가에 익숙한 목소리가 들려왔다. 빈정거리는 말투는 조금도 바뀌지 않았다.

"뭐 하나 물어보려고."

허공에 하얀 입김이 퍼져 나갔다.

"뭘 물어봐. 너 아예 학교 관뒀냐? 담임이랑 반장 전화도 안 받는다며? 안 그래도 오늘쯤 너한테 연락하려고 했는데 잘됐네."

기다리는 사람이 생각보다 많았구나. 이수는 자신도 모르게 풋 소리 내어 웃었다.

"웃어? 너 이제 보이는 게 없지? 너 때문에 학원도 그만뒀어. 내가 화장실이라도 찍었어? 범죄자 주제에 왜 나를 범죄자 취급해?"

"너 그 애 동의 없이 몰래 사진 찍었잖아. 그게 범죄야."

"그래 좋다. 그럼 뭐 나는 할 얘기 없는 줄 알아? 너 학교지? 딱 기다려."

"그래서 연락했어. 6년 전 그 사건, 진실을 알려 주려고."

휴대폰 너머로 잠시 침묵이 흘렀다.

"뭘 알려 줘?"

"그때 그 사건 담당했던 경찰이 너희 삼촌이라고 했지."

"……."

"아직 그 경찰서에 계시지?"

"우리 삼촌 찾아가서 네가 뭐 어쩔 건데?"

"그 사건, 범인 우리 할머니 아니야."

"……."

"진짜 아니야."

"너 어디 아프냐?"

"자세한 건, 너희 삼촌한테 들어."

이수가 전화를 끊었다. 지잉지잉 울리는 진동을 모르는 척하고 주머니에 휴대폰을 넣었다. 거기엔 할머니의 편지도 들어 있었다. 어느덧 짙은 어둠이 사라지고 사위는 환한 아침 햇살로 가득했다. 신호등이 녹색으로 바뀌었다. 이수가 건널목 너머 경찰서를 향해 걸음을 옮겼다.

# 에필로그

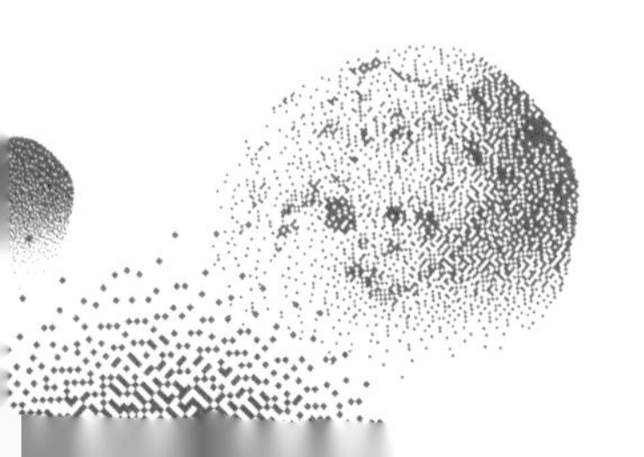

섬에 눈이 내렸다. 야트막한 뒷산과 둘레길에도 눈이 쌓였다. 키 작은 담장과 분주했던 선착장이 하얗게 변해 갔다. 항구에 묶여 있는 선박과 모래사장도 제 빛을 잃고 하얗게 바랬다. 바다 한가운데 커다란 눈꽃이 피어났다. 구름이 낮게 깔린 잿빛 하늘에서 사락사락 눈이 내렸다. 그 눈송이가 바다에 떨어져 소금이 되었다. 세상에 소금이 내렸다. 차갑게 언 마음을 녹이려, 소중한 추억을 잊지 않도록 그렇게 짭조름한 눈을 퍼부었다. 그것은 어쩌면 누군가의 마음인지도 몰랐다. 무르지 않도록, 상하지 않도록, 꼭꼭 감싸서 지켜 주고 싶은 간절함. 하늘도 바다도 파랗기만 하던 세상이 거짓말처럼 새하얗게 물들어 갔다. 그 속에 검은 한 점으로 소년이 있었다. 오랫동안 아주 오랫동안, 하얀 소금 바다를 바라보며 서 있었다.

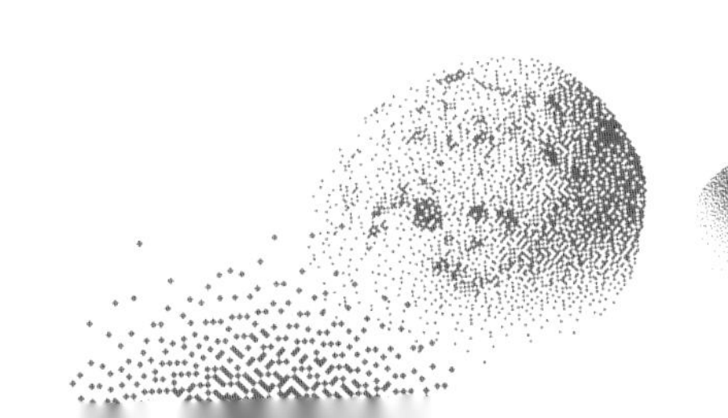

원고의 마지막 온점을 찍는 순간 다짐했다. 이 이야기는 절대 세상에 내보내지 말아야지. 폴더에 넣어 두고 혼자만 읽어야지. 이수와 세아는 그렇게 만나야지 했다. 그런데 정신을 차려 보니, 두 아이는 어느새 세상에 나갈 준비를 하고 있었다. 그 순간 또 깨달았다. 비록 내 손에서 탄생했지만, 내가 어찌할 수 없는 이야기도 존재한다는 사실을.

인간에게 받은 상처가 가장 아프고, 인간에게서 받은 위로가 가장 따뜻하다. 누군가의 한마디가 칼날이 되는가 하면, 누군가의 손길은 생명이 된다. 소름 끼치는 악행을 저지르는 것도 인간이요, 숭고한 희생을 감당하는 존재도 인간이다.

누군가의 표면적 모습이 전부가 아니라서 가라앉은 진실이 떠오를 때 비로소 마주하는 진짜 얼굴이 있다. 과연 나는 어느 쪽인가 고민했는데 결론은 단순했다. 그 어느 쪽도 아니었다. 추악함과 선함이 공존하는 게 바로 나란 인간이다.

눈에 보이지 않는 선과 악을 말하고 싶었다. 그런데 결국 못

난 내 모습만 고백하고 말았다. 이야기를 쓰는 내내, 때론 방관하고 증오하며 남 탓만 하는 내 뾰족한 마음과 마주했다. 문득 퍼렇게 날 선 감정들을 둥글게 다듬어 가는 시간이 삶이란 생각이 들었다. 글쓰기는 그 지난한 여정에 좋은 길라잡이 역할을 해 주었다.

작가가 꼭꼭 잠가 놓은 문을 활짝 열어 준, 그렇게 두 아이에게 손짓해 준 돌베개 이하나 편집자님께 감사드린다. 이수와 세아는 편집자님을 만나러 온 아이들이다. 출간 준비를 하며, 이야기의 주인은 따로 있구나, 깨달았다. 세상에는 글을 쓴 작가보다, 더 깊이 주인공들과 교감하고 소통하는 편집자들이 많다. 나는 이 기묘한 삼각관계 속에서 매번 질투를 느낀다.

늘 골방에 틀어박혀 있는 아내와 엄마를 내버려 두는 가족, 미안하고 사랑한다는 말을 전하고 싶다.

이제 세아와 이수가 당당히 세상으로 나간다. 두 녀석을 위해 내가 할 수 있는 게 없다. 그저 더는 상처받지 말라고, 이제 다 끝났다고, 절대 네 탓이 아니라고 말해 주는 게 전부다. 잘 견뎌 주었고, 그래서 고맙고 대견하다고, 이 세상 모든 축복과 안녕과 사랑을 마지막 한 톨까지 살뜰히 끌어모아 안겨 주고 싶다. 이수와 세아 그리고 당신에게 이 간절한 바람을 전한다.

2023년 여름

이희영

## 추천의 글

청소년은 우주에서 가장 섬세하고 예민한 존재다. 쉽게 상처받지만 작은 응원에도 큰 힘을 내는 사람들이다. 웃음도 많고 눈물도 많다. 어른들이 곁에서 조금 더 보듬고 북돋아야 씩씩하게 세상으로 나아갈 수 있다.

『소금 아이』에서 만난 이수와 세아는, 부모가 돌보지 않고 무지막지한 세상에 내던져진 아이들이었다. 두 아이의 외롭고 혼란스러운 삶 앞에서 눈물이 흘렀다. 겨울 바닷바람을 맨몸으로 맞은 양 마음이 시렸다. 이들이 무너지지 않은 것은 기적에 가까운 일이다. 기적의 비밀은 놀랍게도 '사람'이었다. 사람 때문에 쓰러진 아이를, 사람이 일으켜 주었다. 사람이 건넨 손은 뜨거웠고, 몸의 무게를 실어 기댄 어깨는 든든했다.

청소년, 어른 할 것 없이 우리 모두 '소금 인간'이 아닐까. 인생의 온갖 돌부리에 걸려 넘어졌을 때, 인간은 소금기 가득한 눈물을 무수히 쏟아 낸다. 차마 흘리지 못하고 몸에 차곡차곡 쌓인 눈물은 또 얼마나 많은가. 그러니 우리는 몸 곳곳에 소금이 알알이 박힌, 언제라도 눈물을 쏟아 낼 수 있는 약한 존재다. 『소금 아이』를 읽으며 배운다. 사람은 본래 약하디약한 존재라는 것, 그래서 서로의 손을 잡고 함께 걸어야 한다는 것. 이 소설이 건네는 따뜻한 손을 맞잡은 사람이라면 사람 곁에 사람으로 설 용기를 잃지 않을 것 같다. 울고 있는 이의 곁을 지키는 '단 한 사람'이 되어야겠다고 조용히 결심할 것 같다.

— **서현숙(국어 교사, 『소년을 읽다』 저자)**

범죄, 가해자, 피해자, 유죄, 무죄……. 법의 언어는 단순하고 명료하다. 우리의 실제 삶도 그러하면 좋으련만, 안타깝게도 우리가 사는 세상은 그렇지 못하다. 그렇다 보니 법의 세계는 실제 세계를 온전히 담아내는 데에 실패할 때가 많다. 그리고 때로는 이 실패가 너무나 가혹하다. 우리는 이것과 저것 사이, 넓은 스펙트럼 어딘가에 존재함에도 제도와 사회는 이따금 우리를 엉뚱한 이야기 속에 가둔다. '섬'이 된 아이와 '선인장'이 된 아이의 이야기는 이렇게 우리의 삶이 명료한 언어로 단순하게 설명될 수 없음을 보여 준다. 복잡다단한 인간을 이해하기 위한 길로 소설만 한 것이 없음을 다시 깨달았다.

— **김소리(변호사, 밝은책방 대표)**